書下ろし

危《あぶ》ない関係 悪女刑事《デカ》

沢里裕二

祥伝社文庫

目次

第一章　悪女の乱舞

1

「ふざけんじゃないわよ」

シャンパングラスを、ホストの顔に叩きつけた。グラスが木端微塵《こっぱみじん》に砕《くだ》け散る。高級なグラスほど、細かく割れるものだと感じた。

「何しやがるっ」

ソファに倒れたホストが目を剝《む》いた。

顔中のあちこちにグラスの破片が突き刺さり、血が滲《にじ》み出ている。男が台無しだ。

「こんな混ぜ物飲ませて、私をマグロにしようなんて、百年早いのよ」

黒須路子《くろすみちこ》は、サンドベージュ色のレザージャケットの胸ポケットから粒状のガムを取り出し、口の中に二粒放り投げた。ペパーミント味だ。口の中に広がった睡眠導入剤の苦みをただちに消してくれる。

「お客さん、なに寝言言ってんだよ。言いがかりは勘弁してくれよ」

ホストが顔に刺さったグラスの破片を震える手で抜き取りながら、唇を尖《とが》らせて喚いた。麻布十番《あざぶじゅうばん》のホストクラブ『アウトキャスト』だ。

エアコンが効きすぎていたので、ジャケットを着こんでいたが、ここから先は邪魔になりそうだ。

路子は立ち上がり、レザージャケットを脱いだ。中は白のサマーセーターだ。ニットだ。標準よりかなり大きめのバストが身体にフィットしたサマーセーターを押し上げている。

ちっ。

路子は風船を膨《ふく》らませた。

ジャケット同様、巨乳は、格闘するのに邪魔なだけだ。

ソファに倒れこんだままのホストが、上目遣いに見上げている。視線は路子の顔まで届いていない。

ジャケットと同じサンドベージュ色のレザースカートからスラリと伸びた脚の付け根を

眺めているのだ。

　今夜の下着は何色だっけ？

　路子は膨らませ切った風船ガムをすっと萎ませながら、首を傾《かし》げた。

　下着の色まで、覚えていなかった。

　路子は、大きく股を開いてやった。下着でも眺めて油断してくれた方がありがたい。この両脚の筋肉の威力は、さとられないほうがいいからだ。

　路子は、三日前に続いて二度目の来店だった。二度目で潰《つぶ》してくるとは早すぎる。もう少し素人《しろうと》客の振りをして、内偵を続けたかったところだが、睡眠導入剤入りのシャンパンで潰されそうになったので、思わず反撃に出てしまった。

　拉致《らち》されて、一発ぐらいやられてしまったほうが、行方不明の女の手がかりを摑《つか》めたかもしれなかった。路子は後悔したが、いまさら引き下がるわけにもいかなかった。

「営業停止じゃすまないわね」

　これも成り行きと、路子はホストに詰め寄った。

　店内にはゆったりとしたジャズが流れている。ピアノの旋律《せんりつ》を強調したジャズで高級感を演出しているつもりだろうが、騒々しいホストばかりでは、ＢＧＭだけが浮いて聞こえる。いっそユーロビートにしたほうが、この店にはお似合いだ。

「出入り禁止でもすまないのは姉さんのほうだ。ホストの顔をこんなに傷つけちまったんだ。一億、二億じゃすまないぜ」

それまで優男《やさおとこ》を装っていたホストが、いきなり凄《すご》んだ。

「その顔、二億かけても、もう無理だと思うなぁ」

路子は、口を開けて風船ガムを膨らませた。ローテーブルの上に置かれていたボトルのネックを握る。バカラ製だ。重い。

「うるせぇ」

ホストが尻のポケットからジャックナイフを取り出した。が、その目には、ためらいの色がありありと浮かんでいる。

ナイフはコケ脅し用だ。

店内が騒然となった。数人の客が立ち上がって、こちらを覗きこんでいる。

「私がそんなもので、泣いてごめんなさいと謝るとでも思っていたの？」

路子は、もう一度大きく風船ガムを膨らませた。

ジャックナイフが突き出てくる。鈍い。簡単に見切れる速度だ。

路子は、お辞儀をするように、膨らませた風船ガムを、ナイフの尖端に突き出した。パチンと割れる。

「バーカ」

嘲笑してやる。

「ちっ。まじマグロにしてやる」

ホストがジャックナイフを投げ捨て、拳《こぶし》を構えた。素手《すで》なら思う存分打ち込んでもかまわないと判断したのだろう。なら打ってくるのは腹部だ。顔は狙《ねら》わない。

「喰らえよっ」

ホストが、想定通りにボディブローを飛ばしてきた。頭が悪すぎる。路子は、バックステップを踏み、余裕で躱《かわ》す。

「おっと」

ホストがよろけた。間抜けな目を虚空《こくう》に泳がせている。

「私は、ためらわないから」

突き出された顔に、握っていたバカラ製のボトルを水平に振り切った。ボトルを使った右フックだ。

「うわっ」

重いボトルの底が、ドカンとホストの顔面に炸裂《さくれつ》する。顔が漫画のように歪《ゆが》み、ホストはそのまま横転した。

「喰らえっ」

ローファーの踵《かかと》で、とどめを刺すように、ホストの顔面を踏みつけてやる。ぐしゃっ、と鼻梁《びりょう》と頬骨が折れる音がした。

「痛《いて》ぇ、痛ぇよ。あぁあああああ。顔中が痛ぇよ」

ホストは顔面に両手を当てて、床の上を転げまわった。隆鼻《りゅうび》用のシリコンプロテーゼがずれて猛烈な痛みに襲われているようだ。

「整形やり直しね。次は頬に鉄板でも入れときなよ」

路子は、嚙《か》んでいたガムをホストの顔に吐き捨てる。新たに三個ほどを放り込んだ。今度はオレンジ味だ。

客たちは座ったまま恐怖に顔を引き攣らせ、身動き出来ずにいる。

女の客が五人。いずれも水商売風に見える。

すぐにオーナーホストが駆け寄ってきた。青山真也《あおやましんや》だ。裏の顔は東横《とうよこ》連合の幹部。五年前から、正業としてこの店を運営しているようだ。

「お客さん、酔いすぎですよ。『銀座花吹雪《ぎんざはなふぶき》』の七海《ななみ》ママからの紹介だったので、丁重にもてなしたのに、こんな酒乱だったとはね。お客さん、本当にモデルクラブのオーナーなんですか？　運転免許証とかコピーさせてもらいますよ。請求書を送りますから」

鋭い眼光を放ちながら言っている。

「何が、丁重によ。モデルクラブの裏オーナーだから、早めに潰しを掛けようとしたんでしょう」

ごっそり女が手に入ると夢を見たようだ。

「言いがかりもいいところだ。それより、この始末どうつけるつもりだよっ」

真也が凄んだ。

「はい、身分証」

警察手帳を、突きだしてやる。

路子は警視庁組織犯罪対策部四課一係の刑事だ。半年前に中央南署《ちゅうおうみなみしょ》から桜田門《さくらだもん》に異動になっている。

真也の顔がたちまち蒼《あお》ざめた。

「あらら、刑事さんでしたか」

手のひらを返したような猫撫《ねこな》で声になる。

「この店が、東横連合のキャッチ専門店だってことは、もう割れているのよ」

「いやいや、俺たち半グレさんとは無縁ですよ」

真也が顔の前で手をヒラヒラと振った。

「半グレの幹部がよく言うわ。火酒《かしゅ》で潰すどころか、クスリまで使っているとはね。即刻営業停止」

別件で揺さぶりをかけるのも手だ。

「何かの間違いでしょう」

真也は頭を掻いた。

「寝転んでいるホストの本名と年齢は？　それに、住所」

「上原淳一《うえはらじゅんいち》。まだ二十一ですよ。恵比寿《えびす》にあるうちの寮に住まわせている」

真也は、顔を押さえてもがいている上原の脇腹を蹴飛ばし、待機中のホストたちに運び出すように命じた。

「動かさないで。そいつ逮捕するから。シャンパンに睡眠導入剤《ミンザイ》混ぜたら、立派な傷害未遂」

路子は、腕時計を見た。

「はい、七月十八日午前二時マル六分。飲食店従業員上原淳一、傷害未遂で現行犯逮捕っ」

黒のスカートスーツの上着を捲《めく》り、手錠《ワッパ》を取り出した。

「おいおい、マジかよ。まいったなぁ。この稼業は、昼と夜が逆転しているんだ。ミンザイはホストの必需品だぜ。いつでもポケットに入っている。そいつが何かのはずみでちょいと混ざっただけでしょう」

真也が、カウンターのほうへ目配《めくば》せしながら言った。

「無理ね」

真也を睨《にら》みつけてやる。これが本筋ではない。だが、別件は多いほど役に立つ。

「おいっ」

と、真也はカウンターの中にいる男に声を張りあげた。すぐに封筒を持った男がすっ飛んできた。

「捜査協力費。五十だ。単独捜査だろう。あんたさえ目を瞑《つむ》ってくれたらいい話だ」

この手で、所轄も丸め込んでいたのだろう。

「私、お金に困っていないのよ」

手錠を取り出した。ガムを嚙みながら、倒れている男の腕を取り上げる。

「ま、待てよ。なぁ、刑事さん、好きな男を何人でも持っていけ。今夜はハーレムにしろよ。ホテル代もうちが払う」

真也が顎《あご》をしゃくると、接客中にもかかわらずホストが全員起立した。なるほど、枕営業もやっているということだ。

「ごめんね。私、男にも困っていないのよ」

これだけは嘘だ。困り切っている。

「なるほど、刑事さん、そっちかよ。ならコレを用意するよ。そっち専用の女もうちは大勢抱えている」

真也が小指を立てた。レズビアンだと思われたらしい。その気はまったくない。

「女ねぇ……」

路子は、考えるふりをしておもむろに本筋に入った。

「なら前園洋子《まえぞのようこ》を連れて来てくれない？」

その女の行方を求めて、わざわざ探りに来たのだ。

とたんに真也の顔が歪んだ。

「まじ知らないですよ。そんな女」

前園洋子とは、ベンチャー化粧品会社『ジュリーズ』のオーナー。四十歳。三年前に、美顔クリーム『モナリザの涙』をブレイクさせ、今なお通販では根強い人気を誇っている。

その前園洋子が八日前から連絡が取れなくなったと、同社の総務部長が所轄の麻布西署《あざぶにし》に届け出ていた。ジュリーズの所在地は六本木《ろっぽんぎ》六丁目である。

「最後にこのビルに入ったところで、消息を絶っているんだけど？」

Ｎシステムと防犯カメラの解析結果だ。

ふたたび風船ガムを膨らませながら、真也を睨みつけた。オレンジ色の風船だ。

「前園洋子には連れがいたでしょう？」

路上の防犯カメラにはもうひとり女が映っていた。後ろ姿だけで人定《じんてい》出来ていない。

「だから、知らないっすよ。だいたい、このビルに入ったっていうだけで、うちに来店したという証拠はないんでしょう？」

真也が肩を竦《すく》めた。刑事の尋問に慣れている様子だ。のらりくらりと躱し、こちらの真意を見極めようとしている気配だ。

事実、この件はまだ事件と決まったわけではない。会社の経営者が、資金繰りのために一時的に姿をくらますことはよくあることだ。所轄もその辺のことを鑑《かんが》みて、まだ本腰を入れてはいない。

それにもかかわらず警視庁《ホンテン》の組対四課の課長富沢誠一《とみざわせいいち》が路子に直接内偵の指示を出してきた。半グレ集団の関わりが濃厚だからだ。

ひとつの事案に対して、警察機構ではさまざまな部門が一斉に反応する。自分たちの部門に何らかの関係性がないか確認する必要があるからだ。

殺人事件の現場に多くの刑事が集合しているのは、その典型である。本筋は捜査一課の事案《ヤマ》だが、ホシが極道《ごくどう》なら組織犯罪対策部が割って入り、汚職絡みであれば二課も首を突っ込んでくる。生活安全《セイアン》部も自分たちに何らかの関わり合いがないかと、必ず顔を出す。

すべては、のちのち上司にどやされないための、保身からである。路子にとっては、どうでもいいことだった。

刑事と明かした以上は、ここは、一気に揺さぶりをかける局面だ。

「他の店はすべて閉まっていたのよ」

路子は壁際の酒棚を眺めながら言った。

高級酒がずらりと並んでいる。

階下にあるのは、居酒屋、雀荘、カラオケスナック、喫茶店。すべて午前零時までに閉店している。ふたりがビルに入ったのは午前一時だ。

「廊下で座り小便でもして、帰ったんじゃないんすか？　それともエレベーターの中で、乳繰《ちちく》り合っていたとか？　夜中はそういう客も多いんですよ」

真也は不敵な笑いを浮かべた。

ビル内のエレベーターや通路に据えられた防犯カメラの画像はすべて消去してあるということだ。

面倒くさい。

路子は、背中から特殊警棒を取り出した。二段式の六五型警棒だ。一振りすると尖端が飛び出した。

警棒を握ったまま壁際の酒棚に進む。

「もう一度訊《き》くけど、前園洋子はどこ？」

一番右のボトルを警棒の尖端で小突く。スコッチだった。

真也の片頰が引き攣《つ》った。

「おいっ。いったい、そのボトルいくらすると思っているんだっ」

「質問しているのは私」

警棒を思い切り振り降ろす。ボトルが砕け散った。茶色の液体が四散する。

「やめろっ」

真也の声が悲鳴に変わる。

「もう一人の女の名前は？」

二本目に振り下ろす。今度はブランデーが炸裂した。芳醇《ほうじゅん》な香りだ。

「頼む、やめてくれっ」

「だったら、質問に答えなさいよ」

続けざまに十本ほどなぎ倒してやる。

転げ落ちたボトルが、床の上で重なり合って三本ほど割れる。いずれも一本一本はいい香りのする高級酒なのだろうが、混ざりあってしまうと、吐き気がする臭さだ。

「分かった、分かった。言うからやめろ」

「十秒前にそう言っていれば、高級酒を絨毯《じゅうたん》に飲ませなくてもよかったのにね」

路子は、特殊警棒の尖端を真也に向けた。

「たしかにふたり組の客はいた。ただし名前は杉浦由紀《すぎうらゆき》と浜本沙代里《はまもとさより》と名乗っていた。刑事さんが言う女というのはそいつらのことだと思う。浜本沙代里は、最後に一緒に来た女だ。それまでは杉浦由紀がひとりで来ていた。半年前からの客だ」

遊ぶときに偽名を使う人間は多い。とくに身分を隠してハメを外したい客は、本名も職業も隠したがる。例えば公務員や銀行員、教師などだ。

「ふたりはどんな関係なの。まさかOL同士とか言ったわけじゃないでしょう?」

路子は、特殊警棒の尖端を軽く振って、真也に話の先を促した。

「嘘か本当かは知らないが、杉浦由紀は、自分たちは中国から帰化した仲間同士だと言っていた。ふたりとも貿易関係の仕事をしてるとね」

客は客でこの手の店では嘘をつくことを楽しんでいる場合も多い。

路子の情報源のひとりである毎朝《まいちょう》新聞社会部の川崎浩一郎《かわさきこういちろう》は、小倉《こくら》生まれの生粋《きっすい》の九州男子だが、顔の造りがやや洋風なので、キャバクラでは常にニューヨークで石油ビジネスをしていると言っている。

夜の遊び場で社会部の記者だと吹聴《ふいちょう》して得になることなど、何ひとつないからだそうだ。

「金払いがよくて、中国ルートを持っているとすれば、この先、様々な形で食い物に出来ると、踏んだわけね。あんた本当は真に受けたんでしょう？」

風船ガムを膨らませながら訊く。

「いやいや、あの夜は酔い潰れて埒《らち》が明かなくなったから。金もとらずに廊下に出しただけだ。それだけだ。言っとくが、真冬の道路に出したわけじゃない。空調の効いた屋内の廊下だ。どうなっても未必《みひつ》の故意《こい》にはならないはずだ」

真也は一気にまくしたてた。

なるほどそれがこいつらのやり方らしい。

その先、廊下で誰かが拾って、非常階段、裏路地ルートで運び出しても、店側は関知しないという筋書きだ。いずれ、悪徳弁護士の入れ知恵だろう。

もっともそんなことはどうでもいい。

東横連合の幹部たちが、すでに前園洋子の正体を割っていたとしたら、彼女の会社ごと乗っ取りに出てくるはずだ。今頃はシャブ漬けの真っ最中だろう。

「私が捜しているのは、前園洋子とその連れの女だけ。他のことはどうでもいいの。そのふたり、どこに隠しているのかしら?」

路子は、スマホを取り出しながら訊いた。麻布十番大通りに待機している仲間に、ラインで知らせた。組対《マルボウ》の同僚ではない。関東泰明会《かんとうたいめいかい》の非公然武闘部隊だ。同僚よりもヤクザのほうが使い勝手がいい。会長とはいまやマブダチだ。

「っていうか、ここに連れてこさせないと、いますぐガサ入れかけるから。ないものもあるようにセッティングしちゃうけど、いい?」

「ちっ。覚醒剤《かくせいざい》所持や銃刀法違反とか、好き勝手に罪状つけられたんじゃたまんねぇよ」

「毒には毒よ」

大きく風船ガムを膨らませた。破裂寸前で、引き戻す。

「しょうがねぇな。ちょっと待て」

真也が観念してスマホを取り出した。タップしている。東横連合の監禁部屋に連絡しているようだ。

路子の背後からアイスピックが飛んできたのは、その時だ。

2

「うっ」

肩に、浅く刺さった。防刃《ぼうじん》ベストは着用していなかったが、格闘用に鉛の肩パッドを入れていたのが幸いした。

振り向くと客のひとりだった。二十五、六歳の女。赤のマイクロミニに白のピチピチTシャツを着ている。目が真っ赤だ。

「楽しく飲んでいるときに、あんたら、うるさいんだよ」

言うなり、女は、栓の開いたままのボトルを放り投げてきた。強烈なアルコールの臭いがする。ウォッカだ。

転がってきたボトルのラベルを覗《のぞ》いてぞっとした。スピリタスだ。ポーランド産の九十五度の地獄酒。ボトルは窓際に転がっている。床に液体が流れだしている。

「マリアちゃん、ここは、ジョークを嚙ましてる場面じゃないから」

真也が眉を吊り上げて、マリアという女を諫《いさ》めた。いかれた客というのはどこにでもいるものだ。

だが、この女、ただの酔客ではなさそうだ。マイクロミニのヒップポケットからオイルライターを取り出した。カーキ色の地にローリングストーンズのベロマークのロゴ入りジッポーだ。

「待ちなさいっ」

路子は手を突き出して叫んだが、マリアはにやりと笑って、ジッポーのフリントホイールを親指でガチャリと回転させた。ぼっとオイルライター特有の濃いオレンジ色の炎が上がる。

やばいっ、と思った瞬間、ライターが床の上に放られた。スピリタスに引火する。炎が火縄のように床を走り出す。

「うわぁあぁ」

ホストと客たちが入り口の扉へ走った。上原淳一も鼻を押さえながら、駆け出している。

はめ殺しの窓ガラスに垂らされたドレープカーテンに燃え移った。炎が一気に直立して燃え広がった。炎のタペストリーだ。

「マリア、おまえ俺の店に何てことしてくれたんだっ」

真也の眼球は飛び出しそうになっている。

「どのみち、この店、潰《つぶ》されるわよ。真也、今までありがとう」

マリアは踵《きびす》を返して、出口へ飛び出していった。

「今夜はサイテーだぜ。もう刑事《デコスケ》にかまっている暇《ひま》はねぇよ」

真也は、すぐにカウンターに飛び乗り、内側に入った。床のハッチを開けている。札束を取り出しているようだ。

「そんなことしていると火に巻かれるわよ。それとガスが漏れたら、二次爆発が来るわよ」

言った途端に天井から水が降ってきた。スプリンクラーが作動したようだ。土砂降りのように降ってくる。ドレープカーテンは七割がた燃えていたが、火勢は弱まり、燻《くすぶ》り始めていた。

「ビルの管理はまともなようね」

「そんなことは知ったことじゃねぇ。俺はこの店を捨てる。ガサ入れでも何でもしてくれよ」

真也は札束を紙袋に入れ始めた。百万円の束をどんどん詰め込んでいる。億はありそうだ。すぐに、白い粉の束をも取り出した。砂糖一キログラムの袋に似ているが、そんなものを持ち出すはずがない。

「覚醒剤所持の現行犯であんたも逮捕するわ」

「うるせぇ。もう、邪魔はさせねぇ」

真也は、やにわに拳銃を向けてきた。オーストリア製のグロック17だ。

路子は肩を窄《すぼ》めて、窓に目を向けた。ドレープカーテンが燃えたせいで、外が見えている。

「！」

暗闇坂《くらやみざか》を挟んだ向こう側のビルの外階段で黒い影が動いた。路子は目を凝《こ》らした。

スキンヘッドの男が、肩に鉄管のようなものを担いでいた。その尖端が、こちらを向いている。

「あんた、早く逃げた方がいいわよ」

真也に言いながら、路子は後退《あとじさ》った。

瞬間、スキンヘッドの男の肩のあたりで、オレンジ色の閃光《せんこう》と白煙が上がった。

「嘘っ」

あれはロケットランチャーだ。映画のCGのように、ロケット弾が夜空にくっきり映《は》えて見える。まいった。ギブミーシェルターだ。

「逃げてっ、早くここを出てっ」

真也に向かって叫ぶ。

「てめぇこそ出ていけ」

真也が威嚇《いかく》射撃をしてきた。九ミリ弾が路子の足もとで炸裂した。

「四十ミリ級のロケット弾が飛んでくる。あんた死ぬわよ」

と、言ったものの、自分としてもかまっている暇はなかった。

路子は、扉に向かって懸命に走った。

背中で轟音《ごうおん》が鳴る。窓ガラスの破片が飛んでくる。ホストの顔にグラスを投げつけた十倍返しを受けている気分だ。

「わぁあああ」

爆風に背中を押された。おかげでなんとか扉の外へ転がり出ていた。振り向くと店内はオレンジ色の炎に包まれている。

ロケット弾は、床に突き刺さっていた。

熱風で息が詰まった。

すぐに二次爆発が起こった。ガス漏れによる内部爆発だ。カウンターの内側からだ。こうなるとビル火災はもはや手に負えない。

人間が酔っぱらって吐き始めた時と同じだ。出すものをすべて吐き出すまで爆発は終わらない。

「うわぁああ」

両手に札束を抱えた真也の身体が宙に浮いた。トランポリンで弾かれたように勢いよく天井に向かっている。

白い粉も舞い上がってくる。強い匂いを嗅《か》いでクラっとなった。

「冥土《めいど》の土産《みやげ》をたくさん持てて、よかったわね」

炎に巻かれた真也に、手を振って非常階段にむかった。

途中で客やホストに追いついた。鼻が曲がったまま駆け降りている上原の背中に蹴りを入れる。

「うわっ」

二階の踊り場に転げ落ちた。

「火事場から逃げるのは仕方がないけど、私からは逃げられないわ」

襟をつかんだ。

「逃げる気なんかねぇ。この際、警察の檻の中が一番安全そうだ」

上原は、素直に手を出した。片手同士を手錠で繋《つな》ぐ。並んで一階に降りた。ビルの外に出る。暗闇坂の中腹だった。先に逃げた客やホストが鳥居坂下《とりいざかした》交差点に向かって走っている。かなり面倒くさい報告書を書かねばならないようだ。

頭上で、稲妻のような音がした。見上げると、ビルの屋上が吹っ飛んで、夜空に火柱を上げている。付近の人間が通報したのか、サイレンの音が接近していた。

「こっちへ」

上原を促し、鳥居坂下に向かって走った。

「！」

麻布十番大通りから突如、黒のアルファードが現れた。

「くわっ」

いきなりハイビームを浴びせられる。通常の光量を遥かに超えていた。なにこれっ。

視界がホワイトアウトした。路子は本能的に目を瞑り、路地に飛び込んだ。手錠繋がりの上原の身体も引っ張り込む。

バリ、バリ、バリ。鋲《びょう》を打つような音がする。マシンガンだ。ビルの壁が剝《は》がれ落ちる音がする。

これは、もう半グレのレベルを超えている。

「速く、もっと速く走って」

もたつく上原を引きずるようにして黴臭《かびくさ》い路地を走った。

どこからか四十年前のドラマ『傷だらけの天使』のテーマソングが聞こえてくる。数か月前に主役の俳優が逝《い》ったので、DVDがリバイバルヒットしているのだ。ドラマの中に紛れ込んだような気分だ。ドラマの主役はよく走っていた。

「さっさと走って」

「顔が痛ぇんだよ。ねぇさんにやられた顔が、崩れそうだ」

バリバリバリ。

マシンガンを持った連中が、路地の中まで追って来たようだ。ジャンクフィルムのように撃ちまくっている。マシンガンは複数だ。

走りながら、路子は夜空を見上げた。

「この辺で、外階段のあるビルは？」

上原に訊く。水商売は裏道に詳しい習性がある。

「こっちです」

左に曲がった。さらに狭い路地だった。すぐに錆びついた鉄階段を見つけた。駆け上がる。下方にふたりの男が見えた。黒のスーツ姿でマシンガンを抱えている。

路子と上原が階段を上がる音に気付いたようだ。撃ってくる。バリバリバリ。鉄板に弾丸がぶち当たる音がする。

「うわぁああ」

上原が踊った。路子もタップダンスをした。

屋上に出た。四方を見る。前方が麻布十番大通りのようだ。左右もビル。この辺りは築五十年級のビルが並ぶ。

追手が、カツカツカツカツと階段を上ってくる音がする。

「ねぇさん、アウトってことですか？」

上原の声が震えている。

「まぁ、死ぬには手ごろな夜かもしれないわね」

路子は前方を見ながら言った。通りから、しゅっとライトが上がった。仲間がＧＰＳで動きを捕捉していてくれたようだ。路子は屋上の前方に進んだ。下を覗く。泰明建設の大型トラックが通りに陣取っていた。荷台にマットレスが敷いてある。

「そこまでだ。覚悟しろよ」

背中で声がした。マシンガンの銃身が上がってくるのが見える。

「しょうがない、一回死んでみるか」

路子は手錠を繋げた上原を引きながら、夜空に飛んだ。パンティ見えちゃうかもね。

「ねぇさん、嘘だろっ。わぁあああああ」

夏の風が気持ちよかった。いったん風に舞った身体が、急降下する。ぐんぐんマットレスが接近してきた。途中、自分たちとすれ違うようにダイナマイトが屋上に向かって飛んで行った。大柄な男が、下からテニスラケットを使ってダイナマイトを放り上げている。

「わっ」

途轍《とてつ》もない衝撃を受けながらマットレスに落下した。美脚を開いて下着を見せてしまった。今夜の下着は黒だった。上原は口から泡を吹いている。股間も濡れていた。

大型トラックはすぐに出発した。

屋上が赤く染まった。

「うちらは合法武器しか使ってねぇんで。これ解体用ですから」

荷台で待っていた、関東泰明会の武闘派の隊長傍見《はたみ》文昭《ふみあき》が髭面《ひげづら》を撫でながら言っている。

「依頼されていないビルを解体してどうするのよ?」

「なぁに、天井に小穴が開く程度ですよ」

「おかげで助かったわ」

「とりあえず、芝浦《しばうら》のうちの倉庫でいいですか?」

「いや、私は桜田門で降ろして、ちょっと詰めたい相手がいるから」

「分かりました。こいつは、檻にでも入れておきます」

傍見は、絶入《ぜつにゅう》している上原の顔を小突きながら言っていた。上原の鼻は曲がったままだ。

3

富沢誠一は、いきなり妻に、揺り起こされた。ベッドサイドの置時計を見やると午前二時二十四分だ。

「事件か？」

ベッドから跳ね起きる。組織犯罪対策部四課の課長に就任して以来二年、妻とは寝室を別にしている。真夜中に刑事電話《ポリスモード》で叩き起こされることが度々だからだ。

だがいまは置時計の真横にある刑事電話に、着信を知らせるランプは灯されていなかった。富沢は、寝ぼけ眼を擦りながら、妻の顔を見上げた。

「はい、大変な事件です」

妻の菊枝《きくえ》が憤然とスマホを投げて寄越す。こんな態度は、二十年の結婚生活で初めて見る。嫌な予感がした。

妻のスマホを覗くと画像が浮かんでいる。銀座のホステス留美《るみ》と腕を組んでいる画像だ。しかも場所は日比谷《ひびや》の老舗《しにせ》ホテルのロビーとはっきりわかる画像だ。

「こ、これはっ」

富沢は蒼ざめた。送信主の欄に【CROSS ROAD】とある。文字は何も添えられていない。ぶっきらぼうに画像が貼り付けられているだけだ。黒須路子の仕業だった。

「菊枝、ちょっと待ってくれ。これには訳が」

妻には出来るだけ冷静を装い、すぐに自分の個人用スマホを取り上げた。組織犯罪対策部四課の黒須路子のナンバーを探しだしタップする。路子はすぐに出た。部下ではあるが、上司を平気で恐喝《きょうかつ》しているとんでもない女だ。いつか叩き潰さねばならないと、富沢はそのチャンスを狙っている。

呼び出し音は機関銃の発射音だった。バリバリバリと掃射《そうしゃ》するような音が鳴り響く。この女にして、この呼び出し音かと、不快感は極限に達した。黒須はすぐに出た。

「課長、私を消そうとしましたね？」

いきなり耳元で冷たい声が響く。

「バカなことを言うな。それより、妻に画像を送るとはどういうつもりだ」

怒りが爆発しそうだった。

「たったいま、麻布十番で、ロケットランチャーとマシンガンのダブルパンチを喰らったところです。半グレの東横連合やその上の旺盛会《おうせいかい》が出てきたにしても、ここまでの武器はあり得ませんね」

黒須の声は低いがよく通る。

「なんだと？」

一瞬耳を疑った。東京オリンピック、パラリンピックが無事閉会するまで、国内暴力団は、抗争などは起こさないはずではないのか？　そういうオリエンテーションを受けて、自分は組対四課の課長に就任している。

「私を消すために課長、ＳＡＴ《サット》とか動かしました？」

ＳＡＴとは、警備部に所属する特殊奇襲部隊のことだ。要人警護や人質でも取られていない限り、出番のない部隊だ。

「どういうことだ？」

「それとも自衛隊ですか？」

黒須の声は落ち着いている。が、そのぶん、不気味な響きであった。常に危険な香りのする女だ。

黒須は半年前に、突然築地《つきぢ》と東銀座を所管する中央南署から警視庁に異動してきた。警察庁長官官房室の推薦だった。巡査部長クラスの異動に本庁が口を出すのは異例なことだ。

不思議に思った富沢は人事二課《ヒトニ》の主任にそれとなく人物調査を依頼した。飯田《いいだ》派の後輩である。警視庁の人事部は警部以上の人事は人事一課《ヒトイチ》、それ以下の階級の人事は二課で扱う。黒須は下から二番目の階級である巡査部長である。

調査の結果、黒須にとんでもない噂があることが判明した。

東日本最大の勢力を持つ指定暴力団『関東泰明会』の情報提供者らしいというのだ。人事二課の主任はあくまでも噂の段階ではあるが、と断りをつけている。事実ならば、警察官の素行を調査する中央監査室がマークしているはずである。

ヒトニとしても中央監査室の動きまでは、さすがに把握出来ないという。たとえ人事系でも、監査室以外の人間が、警察官個人の粗探《あらさが》しをしているとなれば、自分たちが査察の対象となるからだ。

富沢は今年で四十三歳になる。

入庁二十一年目。この先のポスト争いをめぐり足の引っ張り合いが激化する真っただ中にいる。これはライバル派閥に、地雷を放り込まれたと受け取り、対抗措置を練った。

黒須を早期に、他部署に異動させることである。理由など何でもいい。

そもそも捜査二課育ちの富沢が、組織対策四課長に回されたのは、将来の総監、長官候補として、一度は荒事部門の課長を経験するためである。

エリート部門の知能犯部門から、荒事部門の課長へ。キャリアが通らねばならぬ道である。

世間的に警察の花形部門と言えば、殺人や強盗などの強行犯を追う捜査一課である。だが、この一課長にキャリアが就くことはない。

捜査一課長はノンキャリアの唯一の花形ポストであると言われている。たたき上げの鬼刑事こそが捜査一課長であるべきだという考えからだった。

だが、それには裏がある。

捜査ミスなど不祥事に巻き込まれやすいこの部門で、大事なキャリアを傷物にしないという配慮だ。

その代わり、将来を嘱望《しょくぼう》されるキャリアは、組織犯罪対策部の三課から五課の課長に就かされる。

ひとつの運試しだ。

二年前、この部署に転属になる際、派閥の長である刑事局長飯田久雄《ひさお》から薫陶《くんとう》を受けた。

『昇り詰める人間は、運も持っている。約三年の荒事部門の長を、つつがなく過ごせるのか、あるいは不運に見舞われるのか。長官、総監になるには、それも資質のひとつとなる』

飯田は東大法学部の十期先輩である、捜査二課長、刑事部長と順調に駒を進めた飯田は現在、警察庁刑事局長の要職にある。飯田も四十歳の時に三年間、組対三課長を経験し、捜二に戻った。

つまりつつがなく過ごさなければならないのだ。

無事組対《マルボウ》留学を卒《お》えさえすれば、おそらく次は古巣である捜査二課の課長のポストが待っているはずである。総監への登竜門と言われるポストだ。

そんなときに、黒須路子が転属してきたのだ。

富沢は当然のごとく、危険な黒須を暴力団の定点観測の任務から引き剝がし、早期に、他部署に転属させるべく工作した。

自分の最も得意な手法として、黒須の捜査費用の使途を検証することにした。交通費や経費の精算には本人の動きが現れ、同時に矛盾点も浮かび上がってくるものだ。

調べてみて、驚いた。黒須は一切費用を請求していなかったのだ。給料と共に支給される定期代以外、動いた交通費すら精算していない。

むしろそれは異様なことであった。富沢は、中央南署における黒須の経歴も当たったが、実に綺麗《きれい》なものだった。交通課から組織対策四課へ。だが、特に不思議な様子はない。ただし、この署では昨年暮れ黒須と同じ部門の刑事がふたり殉職《じゅんしょく》している。だが、黒須も事件捜査に関わってはいたが、彼女の過失は見当たらない。

まるで誰かにチェックされるのを前提としたような経歴書なのだ。富沢は、どうしても、黒須の本性を知りたくなり、二課時代汚職捜査用に飼っていた情報屋を使った。

情報屋の存在は二日目で黒須に見破られていたとは知らなかった。逆にその情報屋を脅して、富沢をハメてきたのである。

いまにして思えば、留美がホテルに行きたいと言い出したあの夜に気付くべきであった。

留美は富沢が五年も通っていたクラブ『ボールド』のホステスだ。

時折、閉店後に食事に連れて歩いたことはあるが、そこまでの関係だ。キャリアは家庭の崩壊も大きな減点対象になる。

あの夜だって何もなかったのだ。部屋を取ってルームサービスの食事をしただけだ。疑われないように、もうひとりヘルプの女も一緒に入った。

ワインを飲んでベッドの上に留美と一緒に寝転んだのも事実だ。だが服すら脱いでいない。断じてない。

しかし、それを誰が信じよう。

女ふたりと一緒に、ホテルの一室に朝までいたのは事実なのだ。人生最大の迂闊《うかつ》である。明け方うとうととなって、ベッドで仮眠した。ご丁寧に、隣には留美とヘルプの女が交代で添い寝しているおまけつきだ。

翌日、黒須に小会議室に呼び出され、その画像を見せられた。

『服、脱いでいる画像もあるらしいですよ』

『あるはずがない』

『事実と印象は別問題ですよね。人事っていうのは、どうも印象に左右されるみたいですから。私も印象悪いみたいですけど、ヤクザに情報は売っていませんよ』

怒りに唇が震えたがどう抗弁しても、後の祭りだった。

この場合、失うものが大きい人間のほうが、必ず負ける。

官僚組織は減点主義だ。ミスをした者が弾かれる。黒須はそのことを充分承知の上で、こんな単純なハニトラを仕掛けてきたのだ。

『私、離島の交通課でもいいですよ。でもこの画像を回収出来るのは、私しかいないということを覚えておいてください』

路子は、いけしゃあしゃあとそう言ったものだ。

以後、立場は逆転している。

だが、この女のやっていることはヤクザと同じだ。

したがって、人として到底許せるものではない。以後、富沢は黒須路子を嫌悪している。とはいえ殺そうなどと思うほど、自分は底の浅い人間ではない。

「私は、きみとは違う。常にルールに基づいて闘っている。それが公務員というものだ。きみを必ず警視庁から追い出すつもりだが、ロケットランチャーは使わない」

毅然《きぜん》と言ってやった。

路子はしばし押し黙った。背後でサイレンの音がする。十秒ほど間を置いて、再び声がする。

「前園洋子失踪《しっそう》の事案、私に単独捜査を命じたのは課長の発案ではないのですか?」

声のトーンが少し変わっている。

「命じたのは、あくまでも私だ」

「建前にとらわれないでください。犯罪者には、ルールは通用しません」

「何を言いたいのかね？」

「これ女実業家が、半グレに拉致された程度の事案ではないでしょうということです」

やはりこの女は刑事としての勘はいい。

「私を消したいのでなければ、課長がこんな美味しい事案を、単独で私に回してくれるわけがありませんね。これ、真相を暴いたらたぶん、警視総監賞ものですよ。それとも課長、最後の最後で独り占めにするつもりですか？」

どういうことだ？

富沢は逡巡《しゅんじゅん》した。考えがまとまらない。

「きちんと教えてくれないと、奥さまにもう一枚送信しちゃいますよ」

とことん卑怯《ひきょう》な手を使う女だ。

だが、それで考える余地はなくなった。

「となりの長官官房室から、きみに当たらせろという要請があった」

事実を告げた。八日前、わざわざ室長が警視庁に出向いてきて、黒須に内偵させてくれと頼んできたのだ。長官、直々の命令だと、錦《にしき》の御旗《みはた》を振りかざされては、断りようがない。しかも刑事局長にも内密だとまで念を押された。

その日から、富沢の懊悩《おうのう》が始まった。刑事局長は自分の派閥の領袖《りょうしゅう》だ。さりとて長官の直々の命令に背くわけにもいかない。相手は当代の長官なのである。

「なんだ、そういうこと。室長の垂石《たるいし》さんですか？」

黒須にいきなりため口をたたかれた。

「極秘捜査だ、誰が命令したかなど伝えられるわけがない」

富沢は、苦々しい思いを嚙み殺しながら、努めて冷静に答えた。

「そんなことを言っているから、現場の対策が遅れを取るんです。SATでも自衛隊でもなくロケットランチャーをぶっ放す相手って、テロ集団かグローバルマフィアしかないでしょっ」

黒須が甲高《かんだか》い声を上げた。

「なんだと」

富沢は狼狽《うろた》えた。

長官官房室長の垂石からは、単純にマルセイ物件だとしか聞かされていない。マルセイとは、政治家絡みということだ。

『失踪した女実業家の前園洋子から、民自党の佐田繁三郎《さだしげさぶろう》氏が定期的に献金を受けていた。その金が問題にならないか、前園と暴力団の関係を洗って欲しい』

そういう依頼だった。その臭いがしたら、佐田繁三郎後援会は、事件が表面化する前にすぐに返金してしまおうという算段だったらしい。佐田は閣僚や党三役を何度も経験している大物議員である。

その内偵にはたしかに黒須がちょうどよかった。日頃から勝手捜査を得意としている。単独で捜査させたのは、結果の隠蔽《いんぺい》のためである。

だが、もしこの電話で、黒須が言っていることが事実であれば、いますぐ組織対策部長、ひいては刑事局長にも連絡すべき事案ではないか。富沢の脳内はめまぐるしく回転する。

立ち居振る舞いひとつによって、行く手が天国か地獄かが決まるような事態だ。

まったくもって黒須路子という女は、俺の人生の前に、どんどん危険な橋を架けてくる女だ。

「課長としての立場を考慮しているより、いますぐ垂石室長と一緒に登庁してください。私、いまから本部に戻りますから」

黒須が吠えた。

「キミは誰にものを言っているのかね」

富沢にもキャリアとしてのプライドがある。

とそのとき、

「あなた、私のスマホに、またメールが入って来たみたいです」

菊枝が顔を顰《しか》めて、ベッドの縁に転がっていたスマホを拾い上げた。

黒須が追い立ててきているようだ。これ以上、厄介《やっかい》なことを増やされては困る。義父は、元法務省審議官だ。四十三歳での離婚は、出世レースの最終コーナーに入った現在、致命傷になる。

「分かった。すぐ出る。官房室長にも連絡する」

富沢はそう答え、ベッドから跳ね起きた。

さて妻への弁明はどうするべきか？

と、スリッパを履きながら、頭をフル回転させた。目の前の危機も回避しなければならない。

「あら、この女性、中国のスパイだったの？」

菊枝が目を丸くしている。あの女、今度は何を仕掛けてきた？

「すまんが見せてくれ」

高鳴る動悸《どうき》を、妻に悟られないように、硬い表情のまま腕を伸ばす。お互い裸の写真でないことを祈る。画像を見て驚いた、手錠を掛けられた留美の画像が載っている。

今度は文面が添えられていた。

【課長が囮《おとり》になってくれたおかげで、無事逮捕につながりました。今から公安と合同会議になります。至急登庁願います。あっ、失礼しました。これ奥さまのアドレスでした。課長から緊急時用に伺っていたものです。並んで入っていたのでうっかりしてしまいました。奥様、申し訳ありません。すぐに富沢課長に打ち直します。機密捜査情報ですので、なにとぞご消去ください。記憶からも消していただければ幸いです】

細かい芸が随所にみられる文面だ。

「黒須という新米刑事だ。打ち直す必要はない。夫はすでにタクシーに乗った、と打ち返してくれないか」

富沢は毅然と言い、スマホを菊枝に戻した。

4

警視庁八階の組織犯罪対策部の小会議室だ。

午前三時を回っている。

「なによそれ? 前園洋子と一緒にいたのは、厚生労働省の女性キャリアだった可能性があったって、ふざけないでよ」

路子は、机を挟んだ向こう側に座っている警察庁長官官房室室長の垂石克哉《かつや》に嚙みついた。

長官案件だと知っていれば、より用心して、拳銃ぐらい提げて出向いていた。

「冗談じゃないわよっ」

路子の剣幕に、隣に座る直属の上司である富沢誠一が目をシロクロさせた。

あたりまえだ。普通、警視正《けいしせい》にこんな口のきき方をする巡査部長はいない。

富沢は、自分同様、この垂石も路子の毒牙に掛かっていると思うことだろう。現実は違う。路子は垂石のことは嵌めていない。

長官そのものを脅しているだけだ。

そのためおひざ元である警視庁《ホンテン》に転属させられたのだ。地方公務員の巡査部長では警察庁には配属出来ないから、せめてすぐ隣の警視庁に置いておきたいのだろう。

「黒須、落ち着け。あくまで、彼女の可能性もあったということだ。富沢課長に依頼した段階ではその確証はなかった。黒須なら、裏を取ってくれるんじゃないかと思った」

垂石が、顎に手を当てながら答えた。

その丁重な扱いにも、富沢は驚いているはずだ。

「とかなんとか言って、垂石さんさぁ。私がロケットランチャーで吹っ飛ばされてくれれば、これ幸いと思ってたんじゃないのっ」

頭に血がのぼっていたので、ガツンと机を叩いた。

「滅相《めっそう》もない。マシンガンやロケットまで出てくるとは、まったく予想していない。こっちが案じていたのは、厚労省の汚職だ」

「汚職？」

「そうだ。本筋はそれだ。こいつがその厚労省の女性官僚。山崎悦子《やまざきえつこ》」

垂石が机の上に女の顔写真を載せた。

三十代半ば。整った顔だが女性官僚にありがちな勝気そうな雰囲気はない。どちらかといえば気の弱そうな秀才タイプに見えた。

余白に、厚労省・医政局研究開発振興課・課長代理と走り書きされている。垂石の筆跡だ。この男、ヒグマのような風貌からは想像がつかない流麗な文字を書く。

「研究開発振興課？」

路子は、その文字を、人差し指で、なぞりながら訊いた。

「それも、ベンチャー企業の商品開発研究に対する補助金支給の審査担当だ」

そう言って垂石が、口をへの字に曲げた。

「だとしたら、前園洋子と飲食を共にしてはならない関係ではないですか」

元捜査二課の富沢が前のめりになって言う。補助金の審査対象会社から、供応を受けたら、それだけで収賄《しゅうわい》の嫌疑がかかる。

マスコミが言う不適切な接触。役所が言う危険な関係だ。

「補助金は下ろしているんですか？」

富沢が獲物を追う鷹の目になっている。知能事件のほうは血が騒ぐのだろう。

「三年前に五千万ついている。美顔クリームの開発支援だ。ただしこのときはまだ山崎悦子は審査に加わっていない」

垂石が答えた。刑事のように手帳を見ながら答えることはしない。路子がキャリアにたったひとつ感心することがあるとすれば、ずば抜けた記憶力のよさだ。

「現在も前園洋子は、補助金の申請をしているのですか？」

富沢が訊いた。

「新製品の開発のために一億円申請している。審査中だった」

「それでは、ふたりともアウトですね。贈賄、収賄、双方の被疑者となりえます」

「まだ、審査結果が出ていない。クロと決まっていない。その途中でふたりが消えた」

垂石が淡々と言っている。

路子は声を荒らげた。

「それで半グレの拉致監禁事案を前面に押し立てて、組対に回したってわけですか？　本筋は捜査二課《ソウニ》の事案なのに、あえてわき筋から証拠を固めようとした。私を囮に使いましたね！」

垂石を殴り倒してやろうかと思った。

「とはいえ前園洋子が失踪したのも事実だ。それも東横連合の出城で消えたとなれば、マル暴に振ってもおかしくないだろう」

垂石がぶっきらぼうに答える。

「私が死にかけたのも事実よ。慰謝料を請求します」

路子は、口に風船ガムを放り込んだ。クール味だ。

「分かった。慰謝料の額は、長官に相談する。官房機密費から用立てる」

垂石があっさり頷いた。

路子は合点がいった。長官から裏捜査の指示だ。

今度は富沢が驚きの声を上げる。

「えっ、何ですって？　慰謝料ってどういうことですか。警察庁が一警察官に対する自らの非を認めるようなものだ」

「あの、課長、ジョークに決まっています」

路子は富沢に向けて大きく風船を広げて見せた。ブルーの風船。〈あなたのこと舐《な》めてます〉そういう意味をこめて膨らませた。そういう意思は伝わるものだ。

垂石までがあざ笑った。江戸弁で言う。

「富沢。おめぇも洒落《しゃれ》が通用しねぇ男だなぁ。んなことは冗談に決まっているだろう」

富沢が畏《かしこ》まった。同じ警視正だが、垂石が二期先輩なのだ。

「それで、この清純そうなキャリアさんは、まだ発見されていないの？」

路子は、怒りを胸の奥に押しやり、垂石に聞いた。

「厳密に言うと発見されたが、また姿を消した」

「意味が分かりません」

「十時間前の昨日午後五時、山崎悦子は突如、厚労省に姿を現し、八日間の無断欠勤を詫び、辞表を提出したそうだ。そのまままた音信不通になったという」

垂石はそこで壁に掛かっている丸時計を見た。午前三時三十分。

「六時間後には彼女の辞表は受理されるだろう」

富沢が会話を引き取った。

「動きが早いですね。まぁ、山崎が無断欠勤をした二日目あたりで、問題視していたでしようから、すでに彼女と前園の交流記録はすべて消されていると思います」

「残念ながら、二課が出る幕はないということだ。残念だな」

垂石が富沢の顔を見て言う。

「霞《かすみ》が関《せき》相手の収賄容疑は、検察の特捜以外はやれませんよ。二課時代、なんども辛酸《しんさん》を舐めています」

路子は黙って聞いていた。一番気がかりなことは、なぜ山崎悦子がいきなり辞表をもって出てきたかだ？

そもそも路子が最初の麻布十番のホストクラブに飛びこんだ三日前に、すでに刑事だと割れていたのではないか？

垂石が全く別なことを言い出した。

「そうそう十分前に、佐田繁三郎先生の秘書から連絡があって、前園洋子からの献金は、夜が明けたら全額返金してしまうそうだ」

それも路子は初耳だった。最初から、政治案件だったわけだ。

「ここから先の捜査は、捜査一課《ソウイチ》が主体となりますね」

富沢が腕を組みなおした。

「ビルにロケット弾が撃ち込まれて、商店街にマシンガンが鳴り響いたんだ。店のオーナーの死体も上がっている。一時間前から、麻布西署と下のソウイチは大騒ぎだ。いまに公安《ハム》と組対《マルボウ》も呼ばれてでっかい捜査本部《チヨウバ》が立つだろうよ」

　路子はキャリア同士の会話を遮るように言った。

「ここからは、私の独自の判断で単独捜査を続けます。おふたりともご協力願います」

「えっ、きみは何を言い出すんだ」

　富沢の声は震えていた。

　垂石は、目を輝かせた。

「おう。黒須機関で頼む。そう言ってくれると思って伝票を切っておいた。この時間でも会計課は金を出してくれる。帰りに受け取ってくれ」

　垂石が胸を叩いた。どうやらこの男は、長官から因果を含められているようだ。


　半年前、路子は警視庁の特殊工作課課長、内閣情報調査室の非公然工作員、それにＣＩＡが指示した殺人事件を暴いていた。その男たちが、中央南署の同僚や上司、それに警視庁のキャリアが殺された事件の黒幕だった。殺人教唆《きょうさ》である。

　路子は公然と逮捕せず、英国諜報部と暴力団関東泰明会の協力を得て、この男たちを闇処理した。戦後に撮影されたブルーフィルムの存在や米軍絡みの覚醒剤密輸、政財界と任《にん》侠団体の癒着《きょう》《ゆちゃく》を示す帳簿などが絡んでいた。

路子は警察庁長官反畑一郎《そりはたいちろう》にだけ、この事実を告げた。

ただし、消えた遺体の在りかは伝えていない。現場を知っているのは、路子と関東泰明会の幹部だけだ。そして、路子は機密書類の現物も握ったままにしている。

路子は、この件を退官するまで口にする気はない。

三十一年後。二〇五〇年だ。

のちの大臣や有名俳優のブルーフィルムや、やばい裏帳簿が世に出ても時効であろう。

「どういうことでしょう？」

富沢が不機嫌そうな顔で垂石を直視した。勝手に部下を使われては困ると言いたいらしい。縄張り意識だけは官僚とヤクザはそっくりだ。

「警察では後手《ごて》に回る捜査っていうのもあらーな。とくに敵が絞り込めねぇで、各部門が入り乱れた合同捜査本部となれば足の引っ張り合いだ。黒須に丸投げしたほうが、早ぇってこともあらーな」

垂石が江戸弁で言う。浅草《あさくさ》育ちだ。銀座育ちの路子とは、そこらへんも気が合った。

「黒須機関？　意味が分かりません。説明していただけませんか？」

富沢が食い下がる。すると垂石がにやりと笑った。

「分かった。明日にでも、反畑長官と寺林《てらばやし》公安局長と一席、設けてやる。そこで詳しく聞くんだな」

路子は吹き出しそうになった。垂石は一石二鳥を狙っている。最初から、これも計算のうちだったのだろう。

「長官と寺林局長と？」

富沢が唇を震わせた。派閥違いだ。旺盛会の幹部が関東泰明会の会長と飯を食うようなものだ。

「いやいや、自分は、そのような席にはまだ」

必死で抗弁している。刑事局長飯田久雄の耳に入ったら、即刻派閥を追い出されることになるのだろう。

「この話は、長官からじゃないと出来ない。富沢が現在の黒須の上司である以上、覚悟してもらわねばならない話だからだ。黒須が失敗したら、おまえさん、どっかのちっせぇ署の署長か、聞いたこともないような国の領事館に出向して定年を迎えることになる」

垂石が眦《まなじり》を吊り上げた。

「な、なんと！」

富沢は、椅子から腰を浮かせた。

路子にはどうでもいい話だ。

「あの、私は、さっそく本日未明から本格捜査に入ります。自分の部隊を使ってやります。途中で、必要なことだけを富沢課長にご連絡しますので、よろしく」

それだけ言って立ち上がった。キャリア同士の駆け引きにはサラサラ興味がない。

「自分の部隊ってなんだ？　私には全然意味が分からないっ」

富沢が唇を捲っている。

「ではこれから、会計課で、経費をいただいていきます」

路子は、キャリアふたりを残して、踵《きびす》を返した。

真夜中にもかかわらず三階の会計課には人がいた。まぁ警察は二十四時間三百六十五日、休むことのない組織だ。警察官だけではなく事務職員も必ず勤務している。

すっかり頭の禿《は》げあがった老職員がスリッパの音を立てながら応対に出てきた。銀行や役場のカウンターのような一角がある。路子はそこに進んだ。

「組対四課の黒須です。捜査費用を受け取りに来ました」

警察手帳を開いて、写真付きの身分証を呈示する。

「はい。ここに。サインしてください」

老職員は紙袋を取り出した。銀座の百貨店の紙袋である。経費削減にも見えるし、いかにも裏ガネのような趣もある。

中を覗いた。紫の風呂敷に包まれていた。有名な羊羹《ようかん》屋のマーク入りである。やっぱり裏ガネの意味合いのほうが強そうだ。

ぱっと見、一千万円。慰謝料込みというようだ。

第二章　黒い取引（ブラックディール）

1

真夏の夜明けは早い。芝浦の泰明建設の倉庫に着いた時には、空が白々と明け始めていた。

格納庫のようなかまぼこ型の倉庫だった。裏側は運河だ。

「姐さん、お疲れさんでした」

傍見が出迎えてくれた。上半身裸だ。倉庫の隅に吊るしてあるサンドバッグを打ち込んでいたらしい。汗をびっしょりかいている。

「ホストは？」

「取調室に浸《つ》けてあります。会いますか？」

「うん、尋問する」

「へいっ」

倉庫の脇にある扉に進んだ。鉄製のいかにも重たそうな扉を開けると生コンクリートの匂いがした。

すぐにホストの上原の声がした。

「頼むよ、固まっちまうよ。早くここから出してくれよ」

天井から鉄のチェーンで吊るされたホストの下半身が、すっぽりドラム缶の中に浸けられている。ドラム缶に入っているのは、水でも湯でもなく、生コンクリートだ。

「あらら、パンツは穿《は》いているの？」

路子は股間《こかん》のあたりを指さしながら聞いた。

「穿いてねぇよ」

鼻が潰れたままだ。そのせいか、風邪を引いたような声を出している。

「なら、勃起《ぼっき》してる？」

「してねぇ。っていうか、あんた刑事じゃなかったのかよ。俺は、警察の檻に入れてくれって頼んだんだぜ」

「警察の留置場ってちっとも安全じゃないのよ。出るのには時間がかかるけど、入るのは簡単なんだもの。犯罪さえ犯せば誰でも簡単に入ってこれるでしょう。ということは、東横連合とかそのライバルがあんたの口を封じようとする刺客《しかく》をいつでも送り込めるってことよ」

上原が目を剝《む》いた。

路子には苦い経験がある。

半年前に築地の中央南署の玄関前敷地内で、路子が賭博開帳で挙げた関東泰明会若《わか》頭《がしら》、山根《やまね》俊彦《としひこ》が狙撃された。警視庁へ護送しようとした矢先のことだった。山根は即死だった。

警察の敷地内で堂々と三発も銃弾を撃ち込まれたとあって、警察の面目は丸潰れであった。それが縁で、関東泰明会の会長金田《かねだ》潤造《じゅんぞう》と出会うことになった。さらには関東泰明会の先々代と祖父の黒須次郎《じろう》は戦後の闇を共に駆け抜けた間柄だと知るに至った。

歴史は奇妙に絡み合う。

「だけど刑事さん。俺らのバックは東横連合で、そのまた上は旺盛会だ。旺盛会から見たら、俺は匿《かくま》われているんじゃなくて、泰明会に攫《さら》われたと思うぜ」

上原がもっともらしいことを言った。

「心配しないで。あんたそこまで大物じゃないから」

脇で見ていた傍見が、チェーンを五十センチほど降下させた。上原は胸まで浸かることになった。

「助けてくれっ」

踏まれて潰れた顔がさらにくしゃくしゃになった。涙と鼻水をたらしている。

「ションベンもたらすと少しは薄まるぞ。ただしクソはやめとけ。おめぇ、クソと一緒に沈むことになる。粋じゃねぇ」

傍見がからかった。上原の眼球が飛び出しそうになった。

「この女、知っている？」

路子は、スマホの画像を上原の眼前に突き出し、おもむろに訊いた。山崎悦子の写真を複写したものだ。

「あんたの探していた前園洋子と一緒にきた女だ。真也に言われて俺が潰した。命令だからしょうがないじゃないか」

上原が泣き叫んだ。

「で、ふたりは、どこに運ばれたの？」

順を追って聞く。

「東横連合の武闘派が連れて行ったはずだが、その先がどうなっているのか俺らは本当に知らないんだ。あの店で知っているのはたぶん真也だけだ。知らないほうがいいっていつも言われていたし」

路子はじっと上原の眼を見つめた。この期《ご》に及んで嘘はついていないように思えた。念のために傍見にアイコンタクトを送った。

傍見が、チェーンを一気に巻き上げる。

「わぁあああああ」

灰色の液体に包まれた上原の全身が浮かび上がった。男のシンボルは縮こまっている。

傍見は、チェーンの端をストッパーで固定すると、脇にあった灯油缶を持ち上げた。ザっと上原にぶっかける。

「ひえっ」

生コンクリートと灯油が混じって上原の全身が、まだらになった。

「遺骨にしてしまいましょう。そのほうが運びやすい」

傍見がオイルライターを取り出した。

「嘘っしょ、俺、本当に何も知らないっすから。まじっす、まじっすよ」

上原が泣きながら身体を振った。振り子のように反動がつき、左右に大きく揺れている。途中で、突如、男根《だんこん》が勃起《ぼっき》した。亀頭《きとう》の尖端がくわッと開く。

「姐さん、あぶねぇ！　下がって」

傍見の声と同時に、びゅんっと小水が飛んできた。

「わっ」

かろうじて避けた。危ないところだった。

本当に拉致された先までは知らないようだ。傍見が「てめぇふざけやがって」と叫びチェーンのストッパーをいきなり外した。

「あぁあああああ」

上原の身体が生コンクリートのドラム缶に急降下した。一度、頭まで浸かり、すぐに首から上は出た。底に足が着くと首から上は出る大きさのドラム缶だ。

上原の顔がヘドロに浸かったように灰色になっている。

「そのまま固めれば彫刻像の完成ね。母校にでも送ってあげようか」

路子は傍見からヘアドライヤーを渡された。コードレスだ。

「嘘だろう」

「だいたいマグロにした女はどうなるの？　そのぐらいは分かるでしょう。想像でもいいのよ」

暖かい風を送りながら訊く。

背後で傍見が工事現場用の大型扇風機を運び込み、コンセントに繋いでいる。なんでもござれの建築会社だ。

「姐さん、とっとと乾燥させて固めちゃいましょう」

傍見が、大型扇風機のスイッチを入れた。突風が吹いてくる。上原が蒼白になりながら口を開いた。

「た、たぶん、東横連合のAV制作会社とタレントエージェンシーの寮です。攫《さら》った女を、シャブとセックス漬けにして、飼いならすまでの間、監禁するマンションがあると聞いたことがありますっ」

とうとう上原が謳《うた》った。嘘ではなさそうだ。

「その場所は？」

ヘアドライヤーを、上原の顔に当てながら訊いた。

「六本木五丁目のはずです。閉鎖中のモアナビルの後ろのほうにあると言っていました。俺、マジにマンション名までは知りません。相当古い建物らしいということしか分かりませんっ」

「分かった。満更嘘でもなさそうね」

路子はヘアドライヤーのスイッチを切った。大型扇風機は回転したままだ。上原はガチガチを歯を鳴らしていた。

「もうひとつ。店でウォッカに火をつけたマリアって女は、何者？」

「ＡＶ女優や風俗嬢のスカウトです。東横連合系のＡＶ制作会社へも女を斡旋《あっせん》していますから、本当だと思います。だからうちの店でも大きな顔で飲んでいたんです。ただ切れやすくて、扱いに困っていました」

「六本木でスカウトしているってこと？」

「いや、横浜《ハマ》って言っていました。もともと黄金町《こがねちょう》のほうの生まれだから、あっちに悪い仲間がたくさんいるって。本当かどうかは、分からないですよ。何せ客の言っていることですから」

「ふーん」

路子はいくつかのルートを頭に浮かべた。

「あの、大型扇風機のスイッチも切って貰えないでしょうか」

上原が、生コンクリートに目を落としながら言っている。

「心配しないで、コンクリートは、この程度の風で簡単に固まらないから」

「本当っすか」

上原がため息をつく。目に生気が戻る。嘘だ。一時間もあればがっちり固まる。ハンマーで叩かなければ、出せなくなってしまうだろう。何度も言うようだけど、ここが一番安全だから」

路子は、傍見に親指を立てた。

「じゃぁ、こいつの身に何か起きないように保険を掛けます」

そう言って、傍見は、ホースで上原の顔と上半身に水を掛ける。生コンクリートの泥がはじけ飛んだ。ぱっと見にはシャワーを浴びた直後に見える。

続けて傍見は、今度は戸棚から二枚の盃を取り出した。盃の底にマルに泰の文字が描かれている。

「おら、これ持て」

「えっ？」

上原はむりやり盃を渡される。

「顎の脇に掲げて、笑え」

「あっ、はい」

上原が、訝しげな表情を浮かべながらも、盃を顔の斜め下あたりに持ち上げた。

その横に同じく盃をひらひらと振りながら傍見が立った。

路子がスマホを構えた。

「あーら、とても仲がよさそうよ」

傍見が盃を掲げながら、上原の肩を抱く。路子はその様子をスマホに収めた。連写して十枚ほど撮った。

プレビューしてみると、歳の離れた兄弟の雰囲気がとてもよく出ている画像であった。

「これ向島《むこうじま》の本部に転送しておくわね」

路子はスマホを操作しながら、傍見に伝えた。

関東泰明会の本部は、向島にある。

かつて料亭旅館だった屋敷と敷地を地上げしたものだ。白壁と杉の木に覆われた広大な敷地の中に、組本部と会長の邸宅がある。庭はまるで江戸時代の大名屋敷の趣だった。

そこに総勢百人からの直参組員が寝泊まりしている。

路子は昨年の暮れに、会長に見込まれて以降、出入り自由の立場になっていた。

「へぇ、すぐにIT班が『泰明会日記』にアップしやす」

傍見が盃を棚に戻しながら、親指を突き上げた。

「それって、どういう意味なんでしょう?」

上原が訊いてくる。見当はついているのだろうが、あえて言葉にして訊きたいのだろう。

人間は、時としてそういう気持ちになるときがある。たとえば、電車で寝過ごして降車駅を過ぎてから目覚めたとき。おおよそ見当がついている場所でも、ここはどこですかと確認したくなる。大切なことだ。

「俺と盃を交わした画像が組のブログにアップされるんだ、つまりおめえさんは、この時点で立派な関東泰明会の構成員ということよ。どっかが、ちょっかい出して来たら、うちと揉めるってことになる。分かるな？」

傍見が、はっきり教えてやった。

「そ、そういうことですよね」

上原も、納得顔になった。自分が立っている位置が確認出来て腑《ふ》に落ちたのだろう。

「東横連合はもちろん、旺盛会もあんたを、もう奪回しようなんて思わないわ。これ、拉致ではなく身請《みう》けってことだからね」

路子が補足してやった。

「あっ、そういうことになるんすね。東横連合のほうには、連絡いくんでしょうか？」

円満退社かどうかも知りたいらしい。なかなか慎重な男だ。路子は、ふたたび傍見の顔を覗いた。

「承知しました。午前中に旺盛会に使者を出します。片手ほど包めば納得してくれるでしょう」

東横連合を押さえつけるために仲介料五百万ということだ。その代わり上原は、二千万ほどノルマを負わされることになる。

「このホストにはどんな仕事させるの？」

興味本位で訊いてみた。

「そりゃ、赤詐欺《あかさぎ》しかないでしょう。うち、その分野の開発が遅れていまして」

傍見が笑う。赤詐欺とは業界用語でいうところの結婚詐欺だ。なるほどホストをリクルートして赤詐欺はわかりやすい。上原ならひと仕事で、二千万ぐらいは稼ぐだろう。

「顔、直してあげてね」

「ええ、うちの系列クリニックで直させます。美容整形系と歯医者は山ほど飼っていますから」

どうせ闇カジノで嵌《は》めた医者たちだろう。

「任せるわ」

と、その時、扉がノックされた。

傍見の手下が顔を出した。ダボシャツを着た若造だった。

「おはようございます。黒須の姐さんが見えているとあって、会長がやってきました。今クルーザーを降りるところです」

「おっとオヤジのお出ましかよ」

傍見がすぐにシャツを着こんだ。手下から上着を受け取り、倉庫裏の運河へと飛び出していく。路子も続いた。

2

「こちらからお伺いしようと思っていたところでした」

路子は、船着き場で金田潤造に手を振った。

「なぁに、朝の散歩よ」

金田も片手を上げながら、クルーザーと岸壁の間に渡された板の上をゆっくり歩いてくる。銀鼠《ぎんねず》色の一重《ひとえ》に絽《ろ》の羽織。相変わらず粋な出立《いでた》ち。千両役者の貫禄だ。

「向島から芝浦までクルーザーでやってくるとは、さすがですね」

路子は、近づいて来た金田に手を差し伸べながら言った。潮風が路子のセミロングヘアをさまざまな形に変えた。

「おう。水路には渋滞も検問もねぇからな」

岸に上がった金田が、にやりと笑う。

そういえば、関東泰明会の多くのフロント企業は川沿いや海沿いにあった。常に水上ルートでの移動を可能にしているということだ。

「陸はダメですか？」

倉庫に向かいながら路子は訊いた。

「あぁ、陸はNシステムやら防犯カメラだらけで、大概の動きがあんたらに知られてしまうからな」

「今後は海上にも監視カメラを増やすように上に伝えておきますよ」

路子は軽口をたたいた。

「おう、そうしてくれよ。監視カメラが増えると俺たちにもメリットがある」

「メリットですか？」

岸壁にあがった金田が胸襟に手を入れ、葉巻を取り出した。傍見がすかさずオイルライターの炎を差し出す。

大きく吸い込み、白い空に入道雲のような煙を吐き出すと、金田はおもむろに口を開いた。

「いまどきは、主要道路、交通機関、空港、駅、どこでも監視カメラだ。そのおかげで警察もそれに頼るようになった。何かといえば科学捜査だ。そのため刑事の聞き込み能力は衰えて、勘も鈍くなった。おかげで俺たちはずいぶん助かっている。見えていねぇことには逆に無頓着だからな。裏もかきやすいってもんさ」

まさしくその通りだ。ヤクザから学ぶことは多い。

金田と並んで一緒に倉庫に向かう。会長付きの組員が、大きなバスケットを抱えてついてきた。

二階の応接室に通された。窓から運河が広がる豪華な部屋だ。

「それよりあんた、今朝は組員獲得に一役買ってくれたそうでありがとな。今日日《きょうび》は、自衛隊や警察と同じで、極道《ごくどう》も人手不足で困っているので助かるよ」

関東一の大親分がローテーブルに手を付いて頭を下げた。

「いえいえ。刑務所よりも、こちらで矯正《きょうせい》していただいたほうが、のちのち役に立つ人材に育つというものです」

「分かった。国のためになる極道に育て上げてやる。心配するな」

金田が、破顔《はがん》して、葉巻の尖端をクリスタル製の灰皿の上で揉み消した。

「お願いしますよ」

路子は、葉巻の吸い殻を眺めながら笑った。短くなった葉巻は、どこか切り落とされた指にも見える。

ヤクザと組むには相応の覚悟がいるものだ。

猛毒は、取り扱い方をひとつ間違えれば、自分もその毒に巻かれてしまう。ヤクザを取り込んだつもりが逆に操られ、命を落とした刑事は数えきれない。

だから路子は、常に関東泰明会の弱みを探すことも忘れない。ホストをひとり預けたのも、いずれそれが情報網として役に立つこともあるからだ。

「西麻布で放火事件があったそうだな？」

金田がわざわざ話を振ってきた。

「ええ。それも凄いマッチ棒が撃ち込まれてきました」

「ほう。じっくり聞かせてもらおうか」

金田が腕を組み、連れてきた部下に目配せした。

すぐにいかつい部下が、ローテーブルに白い布を被せ、バスケットの中から、コンソメスープとハムエッグの皿を取り出した。金田の朝食らしい。

「一緒にどうだ」

「いただきます」

ラップを剝がすとまだ湯気が立っている。クルーザーの中で調理されたらしい。

もうひとりの部下が、応接室の端にあるサイドデスクの上に持参してきたオーブントースターを置きロールパンを並べ始める。じきにパンが焼けるいい匂いがしてきた。小型ポットで、コーヒーまで注いでくれる。すべてが専用だ。それだけ命を狙われているということだ。

「ブルーマウンテンだ」

金田が自慢げに言う。

パンの焼ける匂いに濃いコーヒーの香り。ちょっとした朝カフェだ。

ただし皿やカップを並べてくれる男たちからは、獣じみた匂いがプンプンと立ち上っていた。

何ともアンバランスな光景だ。

コーヒーを啜りながら、路子はあらましを説明した。金田にとっては、上がってきた報告の精度を知る、答え合わせの時間となる。

コンソメスープをスプーンで掬《すく》っていた金田が、手を休めてナプキンで口を拭《ぬぐ》った。

「ロケットランチャーやマシンガンなんていうもんを使うのは、相当頭の悪いやつだな。少なくとも旺盛会じゃない」

「そういうものですか？」

路子は訊き直した。ハムエッグをナイフで切り分けながらだ。

「どっちもホームセンターで売っているもんじゃねぇんだ。そんなものは、アシがつきやすい」

「ヤクザの武器はホームセンターで揃うと？」

卵の黄身がトロリとして、実にうまく焼けている。

「おうよ。包丁とか、ハンマーとか、まぁ最近じゃチェーンソーかね。武器なら、いくらでもホームセンターで調達できる。建設会社をやっていれば、マイトも炸薬《さくやく》も手にはいらぁ。二か月前に旺盛会は、花火屋を買収したらしいじゃないか。新宿東署《しんじゅくひがし》によーく見張っていてもらわねぇと、怖くてたまらねぇ」

旺盛会の本部は大久保《おおくぼ》の職安通りに面している。看板は旺盛商事だが、警視庁はここを組本部と認定している。

「花火大会の夜に、ドカンですか？」

「おう。大川《おおかわ》で打ち上げて、向島を狙い撃ちされたんじゃかなわねぇ」

「その花火屋を監視対象に入れておきます。でも、業界の方々も拳銃を持ち歩いてるじゃないですか」

ロールパンにバターを塗った。パンの焼き具合がいい。イノシシのような男が、トングで焼き加減をちゃんと確認していたのだ。

「いまのヤクザが持っている拳銃は、たいがい販売用だ。自分たちは使用はしねぇ」

路子は、ここでようやく気が付いた。金田はさっきからヒントをくれていたのだ。極道と官僚は似ている。回りくどい言い方をする。

「ロケットランチャーとかマシンガンは、どこで売っているんでしょう?」

「残念ながらこの国では新品を売っている店はない。アメリカでは、購入可能だが、国内持ち込みは不可能だ。簡単に持ち込めるんだったら、わしらも武器ビジネスを始めている」

金田は、ふたたびコンソメスープを掬い始めた。食事のテンポはゆっくりだ。

路子は手下にサラダはないの? と訊いた。いかつい男が、すぐに! と叫んで、応接室を飛び出していった。クルーザーの冷蔵庫に置き忘れてきたんでしょう、えらいすんません、と傍見が金田と路子に頭を下げた。路子は、それには、かまわず金田との会話に集中した。

「ロシア軍や中国軍の横流しでしょうか?」

どちらの国も最近は軍の綱紀が乱れている上に、中東のテロリストの需要が低下している。日本のヤクザに密輸し始めている可能性もある。

「いやいや、旧式のトカレフやマカロフならともかく、ロケット弾までは中国やロシアも持ち込めない。国家機関が絡んでいれば別だが、工作機関がそんなリスクを負ってまで持ち込むとは思えないな。俺なら日本に武器工場を作る」

「まさかここがそうじゃないでしょうね？」

路子は、片眉《かたまゆ》を吊り上げた。そうであれば関西《ニシ》との決戦が間近ということになる。

「いやいや。いくらでも作れるが、この国では需要が見込めない。旺盛会のように花火屋を買収したほうが儲かる」

「では？　どこの国が？」

と路子は訊いた。

そこへプロレスの悪役そのものの体格と形相《ぎょうそう》をした組員が、アルミのボールを抱えて戻ってきた。レタスやキャベツの上に、細かく切ったニンジンやピーマン、トマトが載っている。額の汗を腕で拭いながら皿に取り分け始めた。

「この国にいる唯一の軍隊だよ」

「まさか米軍？」

悪党面の組員が、サラダの皿を路子と金田の前に置き、ドレッシングはいかがいたしましょうと言ったが、そんなことはどうでもよかった。金田は首を上げて、和風と言ってから話し出した。

「横流しというわけじゃない。アメリカ本土では、一般人だってマシンガンもロケット弾も金を払えば買える」

「でもどうやって持ち込むんですか？」

路子も和風ドレッシングに頷いた。いつもはレモンの汁を数滴たらすだけにしている。

「覚醒剤の時と同じさ。彼らの基地には日本の税関なんてない。頼まれた商品を輸送機で私物として運び込み、基地内に購入者を招くだけでいい」

「購入者の予測はつきますか？」

「当たりはついている」

金田は、傍見を見上げ、顎をしゃくった。

「へい、春頃から元六本木刃風会《じんぷうかい》の玉井《たまい》らしい男が、六本木でちょくちょく目撃されています。派手好きのあの男なら」

「刃風会？　玉井？　極道なの？」

路子は訊きなおした。全然知らない団体名と名前だ。

「玉井健《けん》。通称タマケン。これは二十三年前の写真ですがね」

傍見が、スマホと画像を見せてくれた。金髪にピアスをした男の顔が写っている。年の頃は四十歳ぐらいだ。

「二十三年前？　私がまだ『たまごっち』に夢中だった頃のお話ね」

路子は金田のほうを向きなおって訊いた。

「あぁ、玉井健というのは、二十世紀の終わりに六本木でブイブイ言っていた男さ。腕っぷしもすげぇし、頭も切れた。地上戦争では、俺は何度もこいつに先を越された」

金田の向こうを張った男らしい。

「現在《いま》は六十代半ばになっているということですね。私の知る限り、関東の指定暴力団の幹部リストにその名前はありませんが」

「そりゃそうさ。玉井が興した六本木刃風会は、一九九七年に解散しているんだ。あの年あたりが潮時とみたんだろうな。すっぱり手を引いている。バブルで勝ち逃げしたのはあいつぐらいじゃねぇか。暴対法の締め付けで、恐喝すらやりづらくなった時代だ。あの頃、廃業に追い込まれたヤクザは山ほどいる」

金田は唇を嚙んだ。そのための暴対法施行なのだから、同情しない。

「それで玉井は、組を潰して数人の仲間とフィリピンに渡った。だが、その二年後ぐらいに死亡届が出ている。海外に飛んだヤクザがよく使う手だ。現地の戸籍を手に入れ、日本の国籍を捨てたと考えるのが普通だ」

「その玉井が日本に戻ったと？」

「あぁ、いま流行《はや》りの出戻りヤクザだ。二十年以上、海外で作り上げたネットワークを背景に勝手知ったる日本に戻ってきた。俺たちにとっては半グレ、外国マフィア以上に手ごわい勢力になっている」

「警視庁も、その出戻り組に手を焼いているところよ」

「奴らは、まったく別人になって日本に戻ってきているからな。名前も国籍もリニューアルしているから新たな犯罪でパクらない限り、日本の警察はリスト化できない」

「しかもタッチ・アンド・ゴーで出国してしまうから、割り出したときには後の祭り。ふたたび入国してくるときは、またリニューアル。たまらないわ」

路子はため息をついた。

「だが、我々には昔のリストが残っている。顔を覚えている同業者もまだたくさんいる。探る方法はあるさ」

金田が不敵に笑った。ヤクザならではの情報網のほうがこの場合役に立つ。

「その玉井健なら米軍からロケットランチャーやマシンガンも仕入れられると？」

「あぁ、奴なら可能だよ」

路子は、応接室の窓から見える芝浦の運河を眺めた。風が凪《な》いでいる。

金田が続けた。

「玉井は、六本木にいた頃から米軍関係者とつるんでいた。米兵と言っても本国ではマフィアだった連中だ」

興味深い話だ。

「つるんで何をやっていたんですか？」

「玉井は、何しろ派手好きな男でな。六本木のクラブで頻繁にシークレットパーティを開いていた。それが、やつにとっては、地上げ同様にでかいシノギになっていた」

「シャブ付きの乱交パーティですか？」

「それぐらいは当時、誰でもやっていた」

金田が微かに笑った。この爺さんもやっていたということだ。

「というと、どんなパーティを？」

「世界の大物スターと直接会話できるパーティさ」

「凄いじゃないですか」

「ラスベガスやニューヨークのマフィアのルートを使って大物アーティストやプロスポーツ選手を呼んで、プライベートのパーティを開いていたのさ。世界的なプロスポーツ選手もアーティストも、マフィアに弱みを握られたら、嫌とは言えない」

「映画みたいな話ですね」

路子の脳裏には、ニーノ・ロータの『ゴッドファーザー 愛のテーマ』が鳴り響いていた。

「それも興行のために呼ぶわけじゃない。大物たちがプライベートの観光として来日する。六本木で飯を食ったついでにクラブに寄ったという体裁《ていさい》だ」

「なら興行ビザも、マスコミ対策も不要ですね」

「そういうことさ。スケジュールを把握しているのは玉井と組んでいるマフィアだけだ。そしてパーティには日本の闇社会の大物や有名人好きの政財界の人間たちがやってくる。もちろん芸能関係者もだ。会費は百万単位」

金額を聞いて路子はため息をついたが、人によっては安い金額だろう。

「一緒に写真を撮るにはさらに百万という寸法だ。スターがいる時間はほんの一時間だが、帰った後は、クラブは闇カジノに早変わり。もちろん要人専用の娼婦もたっぷり用意している。クラブには百人以上の客だ。一晩で億は楽勝だ」

「いかにもバブル期の極道らしい豪快さですね。マニラでは？」

「むこうでシンジケートを立ち上げたらしい。二十年以上も踏ん張ったんだ。相当でかい組織を作ったはずだ。だが、玉井健という名前は消えている。実態は不明だ」

フィリピンは、米国植民地時代が長く、独立後も一九九一年まで、日本、韓国同様、米軍基地があった。東南アジアの中では最もアメリカナイズされた国でもある。公用語に英語も採用している。そのためアメリカンマフィアのアジアにおける最大の拠点ともなっている。

路子も朝食を平らげた。

最後にもうひとつ質問する。

「会長が、今度の襲撃を玉井ではないかと思うのは、なぜですか？」

「街中でロケットランチャーやマシンガンを使ったことだ」

「暴対法施行以前、いやもっと言えば、昭和の抗争時代ならともかく、本職である玉井が日本でそんなことをするでしょうか？　目立ちすぎます」

「普通に稼いでマニラに帰るつもりなら、そんなことはしない。だが目的が、捲土重来《けんどじゅうらい》にあるなら、ある意味、ロケットランチャーは俺たちの業界に対する宣戦布告になる」

「捲土重来？」

路子は訊いた。

「九〇年代に日本を追われたヤクザたちには、多かれ少なかれ、敗北者としての負い目がある。その後いかに海外で成功しても、奴らにとってはやはりホームは日本だ。力をつけたいま、昔のシマを奪い返しにきたとしてもおかしくない」

「よりによっていまですか！」

路子は悲鳴を上げた。

間もなく日本はオリンピックイヤーに突入する。政府と警察の最大の課題は、警備である。国内の与党ヤクザはこれに協調姿勢を示していた。つまり大会が無事閉会するまで、抗争や面倒な事件は起こさないということだ。ついでに縄張り内の治安にも一役買っている。チンピラレベルはヤクザが締めた方が効く。

「いまだからだ。俺たちが、あからさまに動けないということも計算に入っている」

「六本木は現在、旺盛会の起久《きく》組のシマということになっていますが、有名無実ですよね。実際には半グレの東横連合が仕切っています」

「いまどきどこの組も地回りみたいなことはしない。むしろ東横連合のケツを持っていた方が、安定収入になる。玉井はそこに楔《くさび》を打ちこんできたのかもな」

「これ、こじれたら、どうなるんでしょう？」

ぞっとする話だが訊いてみた。

「昭和に逆戻りする」

「私、平成二年生まれですので、昭和と言われても実感がわきません」

「六本木の街中で堂々とマシンガンが火を噴き、手榴弾《パイナップル》が飛び交うってことだ。交差点が火の海になってもおかしくねぇ」

金田が真顔で言った。

「勘弁してほしいですね」

「だが旺盛会も命がけになる。俺たちとしては、手を貸すのが仁義だ」

金田の眼が光った。事実上の抗争宣言ということだ。

「裏稼業同士ではなにが起こってもかまいませんが、一般市民を巻き込むことは阻止しなければなりません」

「玉井の消息は俺らがいま全力で追っている。あんたはどこから手を付けるつもりだ」

「アウトキャストにいたマリアって女を捜し出してきます。その女が、おそらくロケットランチャーの男と連携を取っていたものかと」

「分かった。うちの武闘派が、どこにいてもあんたを助けられるように、ＧＰＳは複数つけてくれ」

「助かります」

正直、極道はＳＰよりも役に立つ。

3

富沢誠一は、その夜、赤坂の料亭『飛梅《とびうめ》』の座敷に通されるなり、やはり嵌められた、と悟った。

「すまんな。長官は、急用ができて、来られんそうだ」

振り返りながら垂石が言う。

目の前の上座にいるのは、公安局長寺林晃一《こういち》ただひとりである。

いかにも急用で来られなくなったのを装うように、長官用の席はこしらえてあるが、最初《はな》からその予定はなかったのだろう。

これは、寺林派の一本釣り。飯田派の切り崩しではないか。

富沢は、座敷の入り口で佇立《ちょりつ》したまま、動かなかった。

この数か月間に、ずるずると自分の人生が違う次元に持っていかれているような気がしてならない。

あの黒須路子が現れてからだ。

「まぁ富沢、そう蒼ざめるな。きみのボスの飯田さんも尾行は付けていなかったよ。公安の若いのが桜田門からここまで見張っていたから確かだ」

　寺林が、扇子を振りながら笑った。そこまでしているのかと思うと、不快でならなかった。

「飯田局長が、自分に尾行をつけるなど、考えられません」

　富沢は、直立したままハンカチで額の汗を拭いた。

　冷房がよく効いた座敷だというのに、玉のような汗が溢れ出てくる。

「富沢、とりあえず座ってくれや。立ったままでは局長も首が疲れよう」

　垂石が自分の隣の座布団を指さした。濃緑色のふかふかとした座布団だ。

「いや……」

　富沢は、重いため息をついた。

　官僚とは、一言で言えば、江戸時代の武士のような存在である。何ごとにも忠誠心が問われる。たやすく寝返ったのでは、安く叩かれるだけだ。

　しかし、一方でもはや逃げられないという思いもたげてくる。

「富沢、乾杯はビールでいいか？」

　垂石が、富沢の目の前に伏せてあったグラスをひっくり返した。寺林と盃を交わせということらしい。

富沢は、すぐには頷かなかった。

「自分は、入庁以来、刑事二課畑を歩んでいます」

暗に飯田派であることを仄《ほの》めかす。

「そんなことは百も承知だ。マル暴留学は、残り一年ということだろう。次は二課長だ。いよいよ刑事部長にリーチだな」

寺林が扇子を振り回しながら言う。

「なぜ、黒須のことは飯田局長に内密にと？」

富沢はありていに聞いた。

「あいつには、聞かせたくねぇ話だからよ」

寺林が平然と言う。この男はヤクザか？

富沢はそれでも立ったまま、憮然《ぶぜん》として答えた。

「二課から組対四課に異動しても、本庁においては刑事局の管轄に変わりはありません。自分は、長官から直接伺えると聞いてここにやってまいりました」

寺林が不快そうに、頬をヒクつかせた。

「急遽《きゆうきよ》、ここに来られなくなったというのは、われわれも、一時間前に伺ったことだ。本当に突然だった。官僚には暗黙のうちに了解せねばならないことがあるだろう。俺は、長官に黒須の件をきみに伝えるように、付託《ふたく》されたと理解している」

強い言い方だった。官僚として忖度《そんたく》しろ、そういうことだ。たとえこれが寺林のブラフとしても、そこまで言われれば、富沢がこれ以上反論することは出来ない。相手は二階級上の警視監だ。

「黒須の件については、俺から知らせるが、後ほど長官が直接電話すると言っていた。密命を下すそうだ。これは、事前に言うなといわれていたんだが、しょうがない」

寺林の眼が光った。公安警察官独特の獰猛《どうもう》な目だ。

警察トップの長官から、課長の自分に密命？

富沢は眩暈《めまい》を覚えた。

「わかりました。乾杯の前に、まず黒須のことをお聞かせください。なぜあの女は、あれほどまで勝手な捜査が出来るのですか？」

気を落ち着け、富沢は座布団に正座した。膝に手を置いて、寺林を直視する。

その姿勢を見て、寺林がぎょろ目を剝いた。だがその奥は笑っている。

「捜査二課《ソウニ》系っていうのは、まじ辛気《しんき》臭ぇな。おめぇそれじゃ墓参りだよ。俺はご先祖様か？　頼むから足を崩して、水の一杯ぐらいも飲んでくれないか。こっちの息が詰まってかなわねぇ」

いきなり江戸弁で言われた。寺林は両国《りょうごく》の出だ。浅草育ちの垂石と気脈を通じているのは、そのせいもあるのだろう。

どういうわけか、この一言で緊張が解《ほぐ》れた。先のことなどどうでもいいような気分になった。

富沢は足を崩した。垂石が渋面のまま水を注いできた。会釈をしてその水を飲む。渇ききっていた喉が潤うと同時に、緊張の糸が解れた。

「富沢、驚くなよ」

寺林が時代劇で悪代官が大店《おおだな》の主人《あるじ》に悪事を相談するシーンのように顔を近づけてきた。酒臭い。同時に奈良漬けの匂いもする。

「はい」

「内密だぞ」

「もちろんです」

寺林が一段と声を落として言う。

「俺が調べたところ、あの女はＣＩＡの草《スリーパー》である可能性大だ。長官にもすでに報告してある」

「⁉」

瞬間、富沢は漫画でも読んでいる錯覚に陥った。

だが、目の前の寺林の眼は笑っていない。

「事実でしょうか」

富沢も声を潜めた。俄《にわか》には信じがたい話だ。

「そうだと知ると、おまえさんも思い当たる節があるんじゃないのかい」

寺林に訊かれた。

確かに黒須がＣＩＡだとすれば、彼女の行動すべてに合点がいく。

銀座の留美との一件などは、実に簡単な工作だったのではないか？　そこに思い至ったところで、富沢の額にどっと汗が湧いた。公安もその一件を摑んでいるということだ。

――銀座の女にうまく乗せられる脇の甘い官僚。

その烙印を公安が握ってしまっているのだ。勝負はついた。

寺林が続けた。

「黒須のことは、公安《ハム》がマークをしている。ただし、彼女が仮に諜報員だとしてもあくまでも同盟国の諜報員だ。警察庁としては政治的に対処しなければならない」

日本の唯一の同盟国。それが米国だ。

「今後、自分は、どうすれば？」

声が裏返っていた。

「これまで通り働いてくれ。人事にも口出しはしない。二課長に出るときは、こっそり花束を贈ってやる。だがよ、当面、おまえさんも公安の監視対象となる」

最後の一言を言う際、寺林が片眉を吊り上げた。公安のルーツ、特高警察を思わせる冷酷な表情だ。富沢は微かに震えた。

「監視とは、どういうことでしょう？」

「この話が飯田さんに伝わるか、伝わらないか、見極めるためだ。公安だけが知っている内部情報だ。たとえ刑事局長にでも漏れたら困る」

「漏らすわけがありません」

「自信があるなら、監視されていればいいじゃねぇか。たかが五年ぐらいのことだ」

五年も！

富沢は胸底で絶叫した。

「しかし、なぜ、そのことをわざわざ、自分に告げるのですか？」

不可解である。公安が堂々と監視を告げるなどありえない。

「おめぇさんが、黒須を追い出そうと経費調査なんてことするから、最初、俺たちは、おめぇを飛ばすことを考えた。こっちとしたら、泳がせながらマークしている黒須をここで交通課かなんかに飛ばされたらたまんねぇわけだ。だがよ、おめぇを、あからさまに潰したんじゃ飯田派と揉めることになる。だったら、こっちに引きずり込むしかねぇじゃないか。おめぇさんが敵《マト》ってわけじゃない。だが、監視は必要になる」

富沢は、ごくりと唾を飲み込んだ。二の句が継げない。

寺林は言葉を区切って、垂石に視線を移した。垂石がビール瓶の栓を抜いた。

「富沢、もういいだろう。乾杯だ」

まいった。

もはや、グラスを差し出し頭を下げるしかなかった。今後は寺林派の情報提供者《エス》として生きていくことになる。

たった一人のやんちゃな女に気を取られるあまり、全貌を見誤った。双六《すごろく》で言えばスタート地点に戻されたということだ。

グラスに、ビールが注がれた。

「今後は、よろしくお願いします。黒須のことは、飯田局長にはもちろん他の誰にも漏らしません」

富沢は、宣誓するように言い、グラスを掲げた。寺林と垂石も掲げた。

「まぁ、今日は二課時代の思い出話をゆっくり聞かせてくれよ」

垂石が言う。内情を吐けということだ。これは、薄切りにして出すしかない。手土産は小さなものから徐々に渡した方が、相手も感動が大きい。

寺林が手を打つと、すぐに襖が開き、先付けの小鉢が運び込まれてきた。

富沢の背広のサイドポケットで、スマホが震えたのは、鰆《さわら》の西京焼き《さいきょう》に箸を差し出そうとした時だった。

「失礼します」

スマホを取り出すと、発信元は長官官房室であった。

「来たな。富沢の番号は俺が教えておいた」

隣の垂石が横目で覗きながら言った。富沢は急いでスマホを耳に当てた。

「反畑です。富沢君の携帯かね？」

と声主が言った。総身《そうしん》に緊張が走る。年頭の訓示しか聞いたことがないが、この声は、まごうことなき警察庁長官反畑一郎、その人のものである。

「はっ、自分は警視庁組織犯罪対策部四課、富沢ですっ」

自然に上半身が二十五度ほど前に折れる。礼の姿勢だ。

「内密に、厚生労働省の研究補助金に不正がないか当たってくれ」

「はっ、しかし。自分は現在は組対四課でありますが」

「捜査二課が動いたんではバレバレだろう。山崎悦子の失踪をうまく使え。マル暴の線から聞き込みをするんだ。決して収賄容疑だと匂わせるな。単独でやってくれ。捜査費は垂石が調達する。霞が関の中に手を突っ込むのだ。尻尾《しっぽ》を摑むまで絶対に発覚させるなよ」

年頭の訓示や、国会答弁の時のような柔和さは微塵《みじん》も感じられない。公安出身のエリートらしい無駄のない命令だった。

「承知しました」

「後は、垂石君と連携してくれ」

「はいっ」

「指令は以上だ。いずれ、きみとどこかで面会しよう」

それで電話は切れた。スパイ映画の一コマのような切れ方だ。富沢は、茫然《ぼうぜん》とスマホを眺めた。

「富沢さ。おまえ長官ってもっと優しい人間だと思っていただろう。包容力があって、部下の話をじっくり聞いてくれる大物然としたタイプ。そう思っていなかったか？」

脇で垂石が言った。

「えっ、いや、まぁ」

富沢はしどろもどろになって答えた。その通りだ。遠く下から見上げているときには、そういう印象があった。

垂石が海老の天ぷらを摘まみながら続ける。

「俺は毎日、あの人の傍で働いている。正直、鬼だ。徹底した合理主義者で、実績だけしか見ない。富沢、腹くくってやれよ。失敗したら、後はない」

なんでこんなことになった？

すべて黒須に振り回されたせいだ。

あの女、事件にでも巻き込まれて死んでくれないだろうか。人間、厄介《やっかい》が重なると、思考が稚拙《ちせつ》になる。そんな黒い妄想を浮かべながら、改めて鰆の西京焼きに箸を伸ばした。

4

横浜《よこはま》、伊勢佐木町《いせざきちょう》。

真昼の太陽がアスファルトを焦がしていた。伊勢佐木町通りを歩く人々の様子が蜃気楼《しんきろう》で揺れて見える。

路子はスクーターに乗ったまま、マリアが街頭で獲物を探している様子を見守っていた。

ちょうど『伊勢佐木町ブルース』の歌碑の前。マリアは麻布十番のホストクラブにいたときとは別人のような恰好で立っていた。花柄のワンピースにストローハット。まるで避暑地のお嬢様だ。腕にぶら下げた網籠風《あみかごふう》のトートバッグも、わざと外した感じのバスケットシューズも様になっている。

路子のほうはフルフェースのヘルメットを被っていた。斜め前から見張っているが、マリアには顔が見えない。

ほんの二日ほどで、この場所を割り出せた。

神奈川《かながわ》県警生活安全部の刑事、栗原和重《くりはらかずしげ》が、利息をチャラにしてやると言うと猛スピードで調べ上げてくれたのだ。

競馬好きの栗原は、黒須サポートの顧客のひとりだ。負けが混むたびに数十万の借金を申し込んでくる。

黒須サポートを利用する警察官、職員は、だいたいそんな連中だ。博打か女。それで金が回らなくなって相談にやってくる。

警察官は住宅ローン以外の借金を作ると、たちまち上層部に目をつけられる。消費者金融に手を出すなどもってのほかで、クレジットカードのキャッシュローンの利用などですら、問題視されるのだ。

借金は不正につながるからだ。

路子はそこに目をつけ、中央南署時代から警察官たちに、裏で金を貸している。ひとり五十万程度までだ。

元手は祖母園子《そのこ》の遺産だ。両親にも内緒で、祖母は路子に三千万円の信託預金を残してくれていたのだ。

金の力は大きい。たとえ五万円程度の金でも借りている間、相手は路子に服従する。

もちろん返済後、突如高飛車《たかびしや》になったり、借金の過去を消したいがために、路子の失職を仕掛けてくる者もいる。そうした連中には二度と貸さない。なにも手を下さなくても、そうした輩《やから》は、たいてい自滅してしまうからだ。

黒須サポートには、顧客が顧客を連れてくる。栗原も、そんなひとりだった。中央南署時代の路子の同期、藤堂昌行《とうどうまさゆき》からの紹介だった。藤堂はすでにこの世にいない。

マリアが歌碑に寄りかかり、煙草を吹かした。

一休みらしい。細長い煙草だ。若葉町《わかばちよう》のほうからふたり組の男たちが歩いてくる。どちらも彫りの深い端整なマスクだ。ハーフなのかもしれない。男ふたりが歌碑の前でマリアと合流した。男のひとりがスマホを見せながら、言葉を交わしている。楽しげだ。

周囲の雑音にかき消されて、会話の内容までは聞き取れない。

「いい情報をありがとう。じゃぁ出てくるのを待つわ」

最後のだけは聞こえた。男のひとりとハイタッチをしている。男たちは戻って行った。

路子は、その様子を見守った。今日も三十五度近い。ヘルメットの中の額に塩が吹きそうだった。

ほどなくして、男たちが戻ったのと同じ方向から、ひとりの女が出てきた。清楚《せいそ》な雰囲気の女だ。紺色のポロシャツに白のフレアスカート。いかにも丘の上の女子大生風だ。

女子大生風の女は、歌碑の前を通り過ぎ関内《かんない》方向へと歩いていく。マリアが後を尾けだした。

獲物？

路子はスクーターを押しながらさらにその後ろに続いた。

かなり歩いた。

伊勢佐木町通りの入り口付近で、マリアが女性の背中に声をかけた。

「Hey, Junko. It seems that English has improved considerably.（純子《じゅんこ》さん、英語がだいぶ上達したそうね）」

純子と呼ばれた女が、振り向いた。

「You are（あなたは）?」

「I'm a study abroad coordinator.（留学コーディネーターよ）」

マリアが答えている。

その割には、あまりうまくない英語だ。というか日本人同士が英語で会話するってかっこ悪い。まるで六〇年代の横浜だ。

「どうして私の名前を？」

純子と呼ばれた女が、日本語で言った。

「ゴールデンイングリッシュの講師から聞いたのよ。もうオックスフォードに進めるレベルの語学力だって」

「嘘ですよ。私、ぜんぜんそんなレベルじゃない。自分でも分かっていますから」

純子は肩を竦めたが、その顔は上気して見える。

「具体的に留学の予定はないの？」

マリアが名刺を差し出している。

「えっ、ありますよ。だけど、まだ費用がたりません。必死でバイトしているんですけどね。親は留学に反対だし」

純子は名刺を眺めながら言っている。

「うち、独自の奨学金制度があるのよ。返済は卒業後だから」

マリアが思い切り甘い誘い文句を投げている。なるほど、そんなスカウト方法があったのか、と感心した。犯罪者というのは次々に新手の詐欺を考案するものだ。なるほど、その犯罪企画は、海外でも応用できる。

「立ち話もなんだから、そこのカフェに入って少しおしゃべりしない？　お茶ぐらいご馳走するわよ」

マリアがかつては百貨店だったショッピングモールを指さした。一階にカフェがある。連れ込まれたら最後だ。一種の催眠商法だ。夢を広げられ、気が付けば奨学金申込書にサインさせられる、だがそこには保証金が必要なことが、虫メガネで読まなければ分からないほどの文字で書かれているはずだ。

脅しが入るのは、数日後だ。そして闇のバイトに誘い込まれる。

路子はスクーターを飛び降り、マリアに向かって猛然と走った。ヘルメットを取ってかなぐり捨てる。

「放火犯で逮捕よ」

ヒップホルダーから特殊警棒を取り出していた。

「また、あんたの登場かよ」

マリアがトートバッグの中から、いきなりスプレー缶を取り出した。防犯スプレーだが、もちろんそれは攻撃スプレーにもなる。

シュッとひと吹きされる。真っ赤な液体が噴霧《ふんむ》される。ハバネロスプレーだ。

「おっと」

路子は左に跳んだ。

噴霧は、躱《かわ》したが、鼻が曲がりそうなほどの悪臭が襲ってくる。純子はむせながらその場にしゃがみ込んだ。

「ちっ」

マリアが踵を返した。新横浜通りに飛び出し、一気に野毛《のげ》方面に駆け抜けていく。

「純子ちゃん。留学は先に延ばして、今日のところは、早くおうちに帰りな。それと英会話スクールは変えることね。ゴールデンイングリッシュはやばいよ」

路子は純子の背中にそう叫ぶと、スクーターに飛び乗った。新横浜通りを左折なら並行して追える。

「あの女、股に警棒をぶち込んでやる」

関内駅を横目で狙み、勢いよく追った。ノーヘルなので浜風が気持ちいい。すぐにマリアの後ろ姿を見つけた。吉田町《よしだちょう》の交差点だ。信号は赤になった。信号で止まってくれる逃亡者はいない。マリアが西公園のほうへと突っ込んでいく。路子も飛び込もうとした。

が、いきなり盛大なクラクション。こんなときに、真横から大型トラックが出てきた。急ブレーキを余儀なくされる。つんのめりながら、スクーターを捨て、歩道を走る。

差は百メートル。縮まらない。

「喰らえっ」

路子は、マリアの背中に向けて警棒を投げつけた。

「あうっ」

回転しながら飛んでいった警棒が、うまい具合にマリアの脹脛《ふくらはぎ》を捉えた。足をすくわれたマリアが歩道に横転する。大岡川《おおおかがわ》にかかる都橋《みやこばし》の手前だ。

「動かないでっ」

路子は手錠《ワッパ》を振りながら叫んだ。

「デコスケなんか怖かないわよ」

肘や腕に血を滲ませたマリアが立ち上がり不敵に笑った。まだファイトするつもりだ。トートバッグを探っている。スプレーか？　ナイフか？　路子が逡巡し、足を止めた瞬間、マリアはアンダースローで何かを転がしてきた。二個、三個と転がってくる。

「？」

手榴弾《パイナップル》だ。本物《リアル》か模造玩具《ホビー》か判然としない。だが、通りには大勢の人が歩いていた。

「みんな逃げて！　爆発物よ」

路子は叫んだ。

二秒後。ドカンを大音響が響く。だが、火花は散らなかった。紫色の煙幕だけがあがる。これはホビーだ。いわば発煙筒。警察の裏の掻き方を熟知している女だ。

「やってくれるじゃないの。ただではすまないから」

路子は、アスファルトを蹴った。紫色の煙幕の向こう側にマリアの影が見える。煙幕の中を潜った。マリアは大岡川の川べりに立っている。

ワンピースは脱いでいた。中にタンクトップとショーパンをつけていたようだ。

「煙の中を潜り抜けるのが好きな刑事さんね。次は、本物用意して待っているから」

マリアがひらひらと手を振った。

何の真似だ？

と、思った瞬間、マリアの身体が、宙に浮いた。背面《はいめん》跳びだ。

「バイバーイ」

大岡川へと落ちていく。路子はダッシュした。

川を見下ろすと、一隻のプレジャーボートが航行していた。二十四フィート程度の小型船。そのデッキでマリアが手を振っていた。大岡川は桜木町《さくらぎちょう》の先で、横浜港に注ぐ。

やられた。

ヤクザも不良も、近ごろは水路で移動するようだ。

路子はすぐに、スマホを取った。八を四回押す。すぐに応答があった。

「姐さん、真横にいます」

「あんたは?」

「浜爆組《はまばくぐみ》の島崎《しまざき》っす」

泰明会の三次団体だ。

「伊勢佐木町通りの歌碑の近くにあるゴールデンイングリッシュっていう英会話学校に連れて行って」

「すぐに分かります。乗ってください」

すっと、一台のエルグランドが路子の脇にやって来た。助手席に飛び込む。

「案内して」

エルグランドは、大岡川南岸を伝い下流に向かう。黄金橋《こがねばし》を左折した。

伊勢佐木町通りの手前に、かなり古くなったビルが見えてくる。

「あそこです」

島崎の指の先を見やると『ゴールデンイングリッシュ』の袖看板があった。一緒に並んでいるのは、スナックや消費者金融の看板だ。ビルの前でエルグランドを停車させる。

「この車、道具は積んである？」

「いちおう。基本セットぐらいですが」

島崎が後部座席に腕を伸ばし、白い布をさっと引いた。大型ハンマー、発煙筒十本、金属バットが並んでいる。合法基本セットだ。

「発煙筒とバットを借りるわね。あんたは、ここで待っていて」

路子は、助手席から、身体を伸ばして発煙筒を三本と金属バットを取った。

「カチコミなら組の者集めておきましょうか？」

「いや、すぐにひっとらえてくるから、芝浦まで最も早く行けるルートを確保しておいてちょうだい」

「合点です」

路子は、助手席から飛び出した。

エレベーターは使わず、階段で駆けあがる。薄暗いビルだった。二階に上がり、防犯カメラとスプリンクラーの位置を確認する。

まず発煙筒を通路に一本仕掛ける。スイッチを入れると、三センチ高の火花が上がり、その後、もくもくと煙が出てきた。黒煙だ。いけている。紫煙なんかよりはるかに凄みがある。

ゴールデングリッシュのガラス戸を開ける。誰もいない受付があった。その背後にパーティションで仕切られたブースがいくつか見えた。上半分がガラス窓になっていて、中の様子が窺える。

学生はいなかった。それぞれの扉の向こう側で、外国人講師らしき男たちがスマホやタブレットを弄《いじ》って遊んでいる。驚いたことに、いずれも整った顔をしていた。先ほど歌碑の前で見かけたふたりの顔は見えない。

この造り、元はヘルスだ。

直感でそう思った。ベッドのあった部屋をリフォームしそのままレッスンルームにしたようだ。

「英語、習いたいんですが」

路子はバットを後ろ手に提《さ》げそう告げる。

扉のひとつが開いて、プロレスラーのような男が現れた。見た目は外国人風だ。耳にピアスをしている。英会話講師には見えない。

「うち、授業料、そこそこ高いですよ」

ネイティブな日本語だった。値踏みされているようだ。

「マリアさんから、奨学金があるって聞きましたけど？」

そう言ったとたんに、男が尻ポケットからジャックナイフを取り出した。さっと一振りして刃を立てる。窓から差し込む日差しに刃先が揺曳《ようえい》した。

「てめぇ、マッポだな。刻ましてもらうぜ」

狭いフロントで、プロレスラー男が突っ込んできた。ためらいがない。警察を恐れていない証拠だ。

路子はバックステップで躱すと、金属バットを上段から振り下ろした。ガツンと鈍い音がする。ナイフが床に転がった。

「うぇえ」

打ったのは右肩だ。肩甲骨《けんこうこつ》が砕ける音がした。

ブースにいた外国人講師が一斉に立ち上がった。机の抽斗《ひきだし》を開けて、ナイフやチェーンを取り出している。こいつら全員、ゴロツキだ。

「マイトでも喰らえっ」

路子はジーンズの尻ポケットに入れていた発煙筒二個を部屋の両サイドに放り投げた。

火花を噴き黒煙を上げる発煙筒の前に、不良外国人たちは、足を止めた。

「何しやがる。カチコミかよ」

「これは、マイトなんかじゃねぇ。ただの発煙筒だ。はったり嚙ませやがって」

どいつもこいつも、達者な日本語を使っている。不良外国人たちが、黒い煙幕を突き破ってくるのをしり目に路子はプロレスラー男の尻を蹴った。

「寝てないで、さっさと降りて。それとも頭蓋骨《ずがいこつ》陥没で死亡する？」

バットを振り上げた。

「うわぁああ、止めろっ。なんてマッポだよ」

大型冷蔵庫のような男がのろのろと立ち上がった。利《き》き腕の肩を折られたので、立ち上がるのもやっとだ。

外国人のひとりがチェーンを振ってきた。左に身体を振って躱す。返すバットで脛《すね》を思い切り叩いてやる。断末魔《だんまつま》の声が上がる。背後の連中の足音が止まった。

そろそろ鐘の鳴るころだ。

「死にたくなかったら急いで」

プロレスラー男を駆り立てる。

「分かった、分かった」

男は肩を押さえながら扉を開けた。

「うわっ」

扉を開けると、エレベーター前の通路もすでに黒煙で真っ暗になっている。ついに火災警報器が鳴り響いた。耳を劈《つんざ》くような音だ。

「だから早くって言ったでしょっ」

路子は階段の前で、男の背中を蹴飛ばした。

「おぉおお」

男が狭い階段を転げ落ちていく。途中に踊り場はない。手っ取り早く一階まで落ちてくれる。

路子もそのまま一階に駆け降りた。背中でスプリンクラーが放水する音を聞いた。二階の男たちの喚《わめ》き声も一段と高くなった。

「痛ぇ。体中が痛ぇ」

プロレスラーのような男が、泣きながらエントランスに蹲《うずくま》っていた。その尻をさらに蹴り上げる。

「泣きごと言っていないで、そこのバンに乗って」

エルグランドのスライドドアはすでに開いていた。ハンマー類は助手席に移し替えられているようだ。

「姐さん、早く」

中から島崎の声がする。

プロレスラー男が、覚悟をしたように這いながらエルグランドに乗り込んだ。島崎がいきなり、漁に使うような網を上から被せている。

「なんじゃこりゃ」

プロレスラー男が左手と足だけで暴れたが、暴れるほどに網が絡まるだけだった。

「網って、なんか新鮮だわ」

助手席に乗り込むなり路子は唸った。

「俺ら、いちおうハマの極道なんで、海っぽい道具も揃えています」

「かっこいいわ。島崎君」

「照れ臭いっす」

エルグランドは伊勢佐木町通りを越えて、横浜文化体育館方面へと向かった。四方八方からサイレンの音が聞こえてきた。消防車が向かっているようだ。

「あのビル、ボコボコにされるわね」

「ええ、消防士さんたちって、消すんじゃなくて打ち壊しますからね」

島崎が笑っている。

「ところでこの車は、どこへ？」

「山下埠頭《やましたふとう》っす。浜爆組の高速クルーザーで芝浦まで送ります」

浜爆組はもともと、暴走族あがりだ。さぞかし海の上でも飛ばしてくれることだろう。

第三章　裏ネットワーク

1

「打撲《だぼく》は冷やすのが一番だから」

青木雅也《あおきまさや》は、真っ裸で氷の浴槽に浸けられていた。すでに全身の皮膚が紫色になり出している。

「勘弁してくれ。全身凍傷《とうしょう》になっちまう」

そこにざっとまた砕氷《さいひょう》が放り込まれた。スコップで入れているのは傍見と上原だ。上原はボウズ頭になっていた。金髪よりも似合う。

浜爆組の高速クルーザーのおかげで、横浜港から芝浦まで十五分程度だった。倉庫に運ばれるなり浴槽ルームBに運び込まれている。Aは生コンクリートで、Cは灯油浴槽と割り振っているそうだ。

要するに傍見はドSだ。

「マリアの本名は？」

路子は尋問に入った。

「雨宮《あめみや》マリア。黄金町生まれだ。母親はアルゼンチン人。分かるだろう。二十五年以上前の黄金町生まれのハーフだ。雨宮っていう姓は里親のものだっていう」

二〇〇四年前後まで、黄金町は外国人娼婦で埋め尽くされていた。ちょんの間と呼ばれる特殊飲食店が軒《のき》を連ねていたのだ。

「あんたは？」

「母親はロシア人のストリッパー。父親は日本人の興行師だ。オヤジは十年前に死んだ。育ったのは日《ひ》ノ出町《でちょう》さ。認知はされている」

「ゴールデンイングリッシュにいたのは、みんなそう？」

「まぁだいたい似たような境遇の連中さ」

「ハーフ同士でつるんだギャング？」

「ガキの頃からつるんでいたけど、別に半グレとかじゃねぇ。みんな働いている。勤め先はクラブとかバーだけどな。外国人顔《づら》が得になる仕事っていうのもある。クラブのボデイガードとかポルノスターとかだ。ガキの頃から米兵の子供たちともつるんでいたから英語は多少出来る。ハマは特別な場所だ」

「英会話学校を始めたのはあんた？」

「マリアさ。あいつは五年ぐらい前まで、六本木のキャバで働いていた。そのとき東横連合の幹部と知り合ったんだよ。それから、あいつはスカウトに回った。最初のうちは、地元じゃ、ウリをやりたくないっていう女を六本木に回していた。だけど、需要が多くて追いつかなくなったので、俺たちに相談してきた。クラブやバー、それにAV男優として働いていれば、金に困っている女はいくらでも見つけることは出来る」

「だけどそれじゃ、地元のヤクザや半グレと揉めるでしょう」

路子は訊いた。

女とクスリを扱うにはそれなりの力がいる。

「そういうことだ。店やAV会社には必ずケツ持ちがいる。俺たちだって、そいつらがいるおかげで、好き勝手出来ていることもある」

青木の唇が白くなりだした。路子は上原に目配せした。

「畏《かしこ》まりっ」

言葉遣いはまだホストだった。床に転がっていたウォッカのボトルを開け、青木の口に流し込んだ。さんざん客の女にやっていただけあって手際がいい。

「はい、ごっくん」

路子が青木の背中を叩いた。

「くわっ」

青木は不動明王《ふどうみようおう》のように目を見開いた。

「それで、自前の落とし穴を作った？」

「あぁ、マリアの発案だ。ハーフが集まって英会話学校を開いても誰も文句は言わねぇ。それこそ稼業違いってやつだ。東横連合がそのノウハウを買いたいと言ってきたぐらいだ」

「私が分からないのは、取引相手であるはずの東横連合の出城であるホストクラブになんで火をつけたか、ってこと？　これ分かる？」

青木は目を閉じ考え込んだ。路子はダメを押した。

「東京湾じゃなくて。アリューシャン列島に沈めるわよ」

青木が一瞬、薄眼を開けた。

「アラスカのマフィアが拾って解凍するの。遺体ビジネスよ。解剖用の遺体が欲しい研究機関が結構あるんですって。そこで切り刻まれる」

「たぶん、六本木のニューウエーブだ。マリアはそっちに乗り換えたんだと思う」

「ニューウエーブ？」

「六本木にも新しい半グレが生まれつつあるんだ。グローバル・ギャングだ。うちにマリアがそこのふたりを連れてきている」

さっきの男たちかもしれない。

「さわやか風のふたり？」

路子は歌碑の前にいた二人組の風貌を伝えた。

「あぁそんな感じのふたりだ。岡崎研二《おかざきけんじ》と中村雅史《なかむらまさし》。通称ケーンとマーシーだ。奴らは俺らと違って本物の英語を使う。ハーフだが、俺たちと逆で外国育ちだと思う」

ほんの少しだが見えてきた。

「ＯＫ。こいつらは、浜爆組の傘下《さんか》に入れてくれない」

「姐さん。またリクルートありがとうございます。いや、使えますよこいつら」

傍見が上原に、ストーブ三台！　と命じた。ゆっくり解凍するようだ。

路子は六本木へと向かった。六本木の水脈を当たって、情報をかき集める必要がありそうだ。

2

「俺が、ひょっこり顔を出したからといって心配するな。いまは組織犯罪対策部四課にいる。帳簿を覗きにきたわけじゃない」

富沢は厚労省の省内レストランで、旧知の渡辺真知雄《わたなべまちお》と会っていた。

霞が関では同期。同じ東大卒だ。渡辺のほうが二歳上だが、年次が同じということで、ため口で言い合っている。

「どこか身体の具合が悪いんなら、その分野で最も優秀な医者に紹介状を書いてやるぞ」

渡辺は医系技官だ。東大医学部を出ている。同期なのに二歳上なのは、そのせいだ。

本来ならば大学病院へ進むところだったが、医療現場を監督する側になりたいといって厚労省に入省している。山崎悦子と同じ医政局の所属だが、医事課に勤務している。医療事故の調査などに辣腕《らつわん》をふるっている。

「おかげさまで、身体に悪いところはない」

「整形の技術も進んでいるぞ」

「顔《つら》が悪いと言いたいのか？　気分が悪くなる話だ」

「気分が悪いときは、心療内科だ。K大の専門医を紹介しよう。三十代の女医だ」

「そんな話をしに来たんじゃない」

富沢は眉間に皺《しわ》を寄せた。

「ひょっとして、息子さんの件か。医大受験ならいまはまずいぞ。問題になっている最中だ。下駄ははかせられない」

「俺の息子は、まだ小学生だ。将来はパイロットになりたいと言っている」

「なら、防衛省の山下《やました》に相談してみろよ」

山下も同期の官僚だが東大卒ではない。防大出だ。三人が知り合ったのは、そろってローマの在伊日本大使館に出向していた時期があるからだ。三十代の前半のことだ。

「息子は戦闘機のパイロットになりたいとは言っていない」

「じゃぁ、なんだよ。昼の二時にわざわざ」

「先ごろ、退職した研究開発振興課の山崎悦子というキャリアについて調べている。八日も無断欠勤したうえ、出勤するなり依願退職したはずだ」

「あぁ、先週そんな話を聞いた。医政局がかなり慌てていた」

そこで渡辺が身構えた。

「なんだやっぱ、おまえ研究開発費の不正支給の件を探っているんだろう」

これで省内でその噂があることが分かった。

「違う。仮に彼女にその疑いがあったとしてももう手遅れだ。八日も失踪していたんだ。とっくに厚労省《ココ》の総務局が内部調査して、証拠があったら隠滅してしまっているさ。捜査二課も検察の特捜もそんな面倒くさい事案を掘り起こすつもりはない。俺は拉致監禁事案として調査している。まだ捜査の段階じゃない、調査だ」

「拉致監禁事案だと？」

渡辺は、目を丸くした。他省庁の官僚はこうした言葉に過剰反応する。そんな血生臭いこととは無縁の世界で生きているからだ。

富沢は餌を厚労省の中に投げ入れることにした。

「そうだ。山崎悦子は六本木をホームにする東横連合という半グレ集団の支配下にあるホストクラブで拉致されている。攫《さら》った相手は、彼女が厚労省の官僚だなんてことは知らなかったのだろう。AV女優や風俗嬢に仕立て上げるつもりだったはずだ。だが、攫った後に気が付いた。使い道が別にあると踏んで、いったん出勤させて、依願退職の措置をとった。問題は、奴らが今後どんな脅しをかけてくるか、だ」

「半グレが厚労省《ウチ》を脅してくる？」

「あぁ、いずれな。愚連隊とか極道というのは、入念に調べ上げたうえで、絶対に相手を逃さない手を打ってくる。その前に、東横連合を潰したい。それがいまの俺の極秘任務だ。厚労省の帳簿の粗探《あらさが》しする気はさらさらない」

「それで、俺には何をしろって言うんだ？」

「山崎悦子は入省以来、研究開発振興課だったということだが、省内や外部との交友関係を知りたい。警視庁の人間が聞いても誰も答えてくれないからな」

「うーん。俺も課が全く違うからな。妙に動くとすぐにお前さんとの関係を疑われることになるしな」

渡辺は首を傾げた。どうしたものかと思案しているふうだ。

「仲の良かった女友達とかの所属と名前が分かれば助かる。そこから先はこっちが当たる」

「そのぐらいなら、ＯＫだが」

渡辺が急にあたりを見渡した。誰かに聞かれたらまずいと思っているのだろう。

「心配するなよ。これほど堂々と省内レストランで面談していりゃ、誰も怪しまないよ。俺は、それも計算してここで会おうと言ったんだぜ」

「捜査のプロが言うんだから間違いないか。だけど、なんかどこかから見張られている気がするな」

それでも大きく首を回した。この男、いい勘をしている。

心配するな。見張られているのは、おまえじゃない、俺だと言ってやりたい。きっとこの中にも公安の刑事が入り込んで、自分を監視しているのだ。もう三日目になるので、自分としては慣れた。

「ゴルフはやっているのか？」

富沢はわざと話題を変えた。

「月一程度では行っている」

「こんな暑い時期でも行っているとは恐れ入る。俺は暑い時期はだめだ。十月に少し涼しくなったら、一緒にやらないか？」

「いいぞ。山下と広田《ひろた》も入れるか？」

渡辺が言った。

広田も在伊日本大使館で一緒だった男だ。外務省欧州局の課長だが、現在は待命《たいめい》中で、省内でぶらぶらしているはずだ。

「いい案だ。久しぶりに同窓ゴルフでもやろう。幹事は俺がやる」

富沢が親指を立てた。

公安刑事は、ゴルフ場にまでついてくるのだろうか？

そんなことを考えながら、席を立った。

厚生労働省の入る中央合同庁舎五号館を出て、富沢は時計を見た。午後三時。予定通りだ。警視庁に戻る前に、麻布十番に寄っていくことにした。

まだ自分は、ロケットランチャーを撃ち込まれた現場を見ていない。直接指揮を執っているわけではないが、覗いておくべきだろう。ついでに麻布南署にたった捜査本部《チョウバ》にも陣中見舞いに行ってやろうと思う。

周囲を見回した。

公安刑事はどこにいる？　何名で見張っているのか？　双眼鏡などで自分の表情を覗いたり、音声も何らかの形で、集音されているのだろうか？

監視されていると告げられて以来、富沢は、それらのことをすべて計算して行動するようになった。

監視されているということは、裏を返せば、その行動が記録されるということだ。後ろめたいことはなにもない。むしろこの優秀な行動力を確認し評価してもらえるだろう。たとえば、部下が襲われた現場を検証するのは当然のことだ。それも捜査一課の邪魔にならないように、三日ほど遅れて出向く。これこそ優秀な官僚のあるべき姿ではないか。

タクシーを拾って、襲撃現場に向かった。

霞が関から十五分ほどで、暗闇坂の中腹にあるビルはすぐに分かった。

全体がイエローテープで封鎖されている。所轄の地域課らしい空色の夏服を着た警官が数人立っている。汗をびっしょりかいている。

「警視庁組対四課の富沢だ。六階を検分したい」

警察手帳を掲げて、案内を求めた。写真の下に氏名と階級が示されている。

「はっ！」

警視正の登場に巡査は慌てて敬礼し、身体を十五度ほど折り曲げた。

普通なら、これぐらい畏怖《いふ》されるべき階級差である。にもかかわらず黒須巡査部長には「富ちゃん」呼ばわりだ。

本当に自分の人生で、もっとも出会いたくなかった女である。

敵に撃たれて殉職してしまえばいい。二階級特進しても警部だ。自分の階級を超えることはない。

死んじまえ。

富沢は、再びそう願った。頭の中でいくら願ったところで逮捕はされぬ。有罪にもならない。このところ富沢は、念仏のように、黒須、死んじまえ、と唱えるようになった。もはやこれは、開運への呪文のようなものだ。

「ここが現場であります。本部からの指示で爆破時のままにしてあります」

制服警官が言った。

「わかった。目視して回るので、そこにいてくれ」

富沢は伝えた。

自分が現状変更をしていないことを証明させるためだ。黒須のような勝手捜査はしない。すべてはルールに従って行動するのだ。

富沢にとってそれが、もっとも気持ちのいい生き方だった。

手を後ろに組みながら、酒棚を眺めた。ボトルが散乱し、その手前の床に大きな穴が開いている。周囲は焦げている。

「これは？」

「そこに、ロケット弾が刺さっていたようです」

現物は麻布南署か？　警視庁か？　まぁいい。それにしても凄惨《せいさん》な現場だ。まだ焦《こ》げ臭い匂いがする。

殺人現場など、無縁の二課畑を歩んできた。

組対四課に着任以後も、抗争事件には直面していない。もっぱら定点観測の結果を聞き、フロント企業の金の流れを解明することに専念してきた。二課のノウハウをマル暴に貸していたのだ。

「ご遺体があったのは？」

富沢は律儀《りちぎ》にそう呼んだ。逮捕される前に死亡しているのだ。青山真也は、その時点も容疑者ではない。死体とではなく、ご遺体と呼ぶべきなのだ。

「カウンターの裏側です。札束を抱えたまま、息絶えていたようです。ロケット弾の直撃を受けたわけではなく、ガスによる二次爆発の犠牲になったようです。キッチンの下にガス管が走っています」

警察官は、こちらへと、先導してくれた。

おそらく、何度も同じ質問を受けていると見えて、観光ガイドのように手際《てぎわ》よく説明してくれる。

白チョークで遺体の位置はすぐに分かった。

カウンターの内側は、客席側からは想像もつかない安普請《やすぶしん》だった。ウッドフローリングなどと呼べない、ただの板張りでキッチンの真下に水道管やらガス管が剝《む》き出しのまま走っている。

「このビルはいったい築何年だよ。外見とはえらい違いだね」

富沢は、金の隠し場所だったと思われる蓋が開いたままの床下収納庫を覗きながら聞いた。

「役所の記録では昭和四十五年（一九七〇）となっています。ざっと築五十年ですね」

「俺より年上かよ」

外壁や内装は時々に改装されて、美観を保ってきたのだろうが、裏側の老朽化は著《いちじる》しい。

自治体が耐震構造を盾に、建て替え命令を出しているのは、そこらへんも裏に潜んでいるのだろう。一般住宅と異なり商業ビルは、築五十年を経ても、自主的に建て替えられるということはめったにない。ビルのオーナーはどれほど老朽化が進んでも商売になる間は貸し続ける。それでも立地の良いビルは、いくらでも借り手がいるからだ。

「いくらほど現金を置いていたんだろう？」

ざっと一億は入る収納庫だった。

「いや、自分はそのことに関しては把握《はあく》していません」

「そうか」

富沢は客席側に戻った。

ロケット弾が撃ち込まれた窓を覗く。ガラスは木端微塵に壊れ、四辺の枠にわずかに破片を留めているだけだった。真夏の熱風が容赦《ようしゃ》なく吹き込んでくる。

「暑いな」

富沢は額に浮かんだ汗粒を、白いハンカチで拭きながら、呟いた。眼下に黒塗りのクラウンが一台停車している。

富沢が窓から乗り出して、ナンバーを見ようとすると、クラウンはすぐに発進した。

公安だろう。確認するまでもないと思った。

振り向き、ボトルが崩れ落ちた後の酒棚の前に進む。一昔前までは、こうした棚の裏に隠し金庫があったものである。現金よりも裏帳簿がよく隠されていた。

いまどきは、パソコンの中だ。複雑なパスワードを幾重にも重ねてあるのは普通である。

それにしても高級酒ばかりである。まだ高価なブランデーボトルがいくつも並んでいた。

「一課は、この裏側も全部、確認したのだろうか？」

「自分は目視しておりません」

確認して、わざわざ原状復帰させるだろうか？　写真で残しておけばいいではないか。

まだこの裏を見ていない公算が強まる。

覚醒剤も絡んでいるのにそれは杜撰《ずさん》だ。

「ちょっと、きみ名前は？」

「麻布南の谷村《たにむら》です」

若い警官は、姿勢を正した。

「谷村君。下からもうひとり呼んでくれないか。一時的に現状変更をする。複数の確認者がいた方がいい。それと白手袋を頼む」

「はいっ。手袋は自分のをお使いください」

谷村がポケットから手袋を取り出して、差し出してきた。汗のせいか少し湿っていた。

「ありがとう」

礼を言う。

「こちら谷村。佐々倉《ささくら》を上にあげてくれないか？　一時現状変更のための立ち会いだ。カメラを頼む」

肩につけた無線マイクに向かって言っている。

「女警がひとりすぐに上がってきます」

「あぁ、助かる」

制服姿の女性警官が階段を駆け上がってきた。息も切らせていない。首からデジタルカメラをぶら下げている。

「佐々倉です。立ち会います」

張りのある声をあげ、敬礼をした。かえすがえすも、黒須もこうであったらと思う。

「まず棚を写してくれ」

元に戻すときのためだ。佐々倉が何度もシャッターを切った。

「撮了《さつりょう》しました」

「よし」

富沢は、白手袋をはめ、ボトルを一本ずつ床に下ろした。ボトルに触るのは自分だけでやった。二十本ぐらいのボトルをすべて降ろす。

酒棚が空になった。

見た目は重厚に見えるように臙脂《えんじ》色の塗装を施しているが合板の安い板だ。

「警棒を貸してくれるかな」

「はい」

谷村が腰にぶら下げていた警棒を抜き取ってくれた。富沢はそれで棚の背板を右から順に叩いてみた。

「こんな原始的な方法で、壁の音が変わったところで、普通に穴が開いていただけということもあるのだけどね」

自嘲《じちょう》的に言った。若いふたりの警察官から見れば、何をこの老いぼれ課長はしているのだろうかと内心呆れているのではないか。

カンカンと叩いていく。

左の端で変化があった。カンカンという音が、そこらへんだけコーンコーンと反響するのだ。

「あれ？」

女警の佐々倉が首を傾げた。

「穴ですかね？」

谷村も言う。

「穴だな」

「自分は高校生の頃、自分の部屋の壁をくりぬいて、親にばれないようにエロＤＶＤを隠しておりました」

谷村が頭を掻く。佐々倉の肘うちを喰らっている。このふたり、出来ていると直感した。

「隠すのにポスターでも貼っていたか？」

「はい、ＡＫＢ48の初代のセンターです」

富沢には顔が浮かんでこなかった。

「しかし、これをくり抜くとなると、捜査本部に連絡する必要があるな?」

「一発ぶち込んじゃいましょう」

背中で声がした。女の声だが、佐々倉ではない。

「ねぇ、富ちゃん」

入り口から黒のパンツスーツ姿の黒須が入ってきた。すでに警視庁の制式銃サクラM360Jを握っている。

「なんだっ、おまえ」

3

「富ちゃん、さすがソウニの出身だけあっていいところに気づくじゃん。まるで国税のGメンみたい」

と言いながら黒須は、すでに両脚を広げ腰を屈めている。銃口は酒棚に向けられていた。

「おいっ。越権捜査だぞ」

「私、勝手捜査の許可得ているから」

そう言い終わらないうちに、黒須は銃爪《ひきがね》を引いた。ズドンとタイトな音がする。富沢にとっては警察学校以来、二十一年ぶりに聞く銃声だ。

九ミリ弾の穴が開いた。予想通り背板と壁のあいだは空洞になっていた。

続けざまに五発撃った。輪状に弾を撃ち込んでいる。

「おいっ」

富沢は叫んだ。たぶん自分の顔はムンクの描いた『叫び』の絵の男のようになっていると思う。

その声に振り向きもせず、黒須は銃弾を補塡《ほてん》し、さらに六発撃ち込んだ。背板にちょうど野球のボールぐらいの大きさの輪が出来ている。

「この警棒で突いたら、開けられちゃいそう。富ちゃん、やって」

「俺がそんなこと出来るかっ」

警棒を放り投げた。

「自分らがやります」

谷村が警棒を拾い上げ前に進んだ。女警の佐々倉も警棒を持っていた。ふたり掛かりで、背板を突いた。最後は谷村が肘うちで開けた。

野球ボールほどの穴が開いた。黒須がすぐに覗きに走る。

富沢は呆然と眺めているだけだった。こんなこと勝手にしたら一課から大クレームだ。いったい自分は刑事部長に何と申し開きをすればいいのだ？

「懐中電灯《フラッシュ》！」

穴を覗き込んでいた黒須が、尻を振りながら叫んだ。

「はいっ」

佐々倉が脇からライトを当てる。

「いやぁ、福沢諭吉《ふくざわゆきち》が大勢こっち向いて手を振っているわ。富ちゃん、お手柄っ」

何を言っているんだこの女は？

富沢は、歯嚙《はが》みしながら、事態をどう報告すべきかだけに没頭しているところだ。

「ほんとですね。一メートルぐらいのお札の列が三本寝ています。あれ、いくらぐらいでしょう？」

佐々倉が言っている。

富沢は無意識に反応した。

「百万円の札束は一センチだ。十センチで一千万。一メートルだと一億円だ」

「ってことは三億円の現金よ」

黒須が背を向けたまま言う。

「福沢諭吉か？」

富沢は聞き返した。聖徳太子《しょうとくたいし》なら昭和四十三年の迷宮入り事件につながる可能性があった。警視庁ではいまだにあの『三億円事件』にこだわりを持っている。

「そう、諭吉。ちょっと待って」

黒須が手を伸ばしている。現金を摑み取りする気らしい。

「うーん、もうちょい」

「警棒で、手前に掻き出しましょうか」

佐々倉が訊いている。

「平気。いま指先が触れた。帯封《おびふう》を破れば……」

黒須は真っ赤な顔をして肩を揺すっていた。足が床から浮いている。

「取れたっ」

穴から手を抜いた。その手には一万円札が十枚ほど握られていた。帯封の一部も一緒だ。

「やったか！」

富沢も叫んでいた。なんとなく拍手を送りたくなった。妙に、人の気持ちを擽《くすぐ》るところのある女でもある。

「あれ？　諭吉は諭吉だけど、なんか違わない？」

黒須が握りしめた札を天井に透かして見ている。富沢はピンときた。諭吉の裏側の柄だった。

「それはD号券だろう」

「えっ、どういうこと？」

「一九八四年から二〇〇四年まで発行されていた一万円札だ。同じ諭吉でも、違う札だ」

路子は札をひっくり返している。

「描かれている鳥が違うだろう」

富沢は、胸ポケットから札入れを取り出し、現行の一万円札を抜いた。

「ほら、そいつは雉《きじ》で、現在のE号券は平等院《びょうどういん》の鳳凰《ほうおう》像だ」

「ほんとだわ。この隠し金には、ホログラムも付いていない」

「あぁ、裏の絵柄とホログラムが決定的な違いだ」

「使えるの？」

路子が訊いてきた。

「その前の聖徳太子のC号券も含めて使ってもかまわない。偽札ではないのだ。店などが拒否する場合もあるが、銀行に普通に持っていけば、現行のE号券と取り換えてくれる。日本銀行のウェブサイトに使える紙幣一覧が載っている、かつての五百円札はもちろん百円札や五十円札、十円札、一円札だって使用可能だ」

「なぜ使用停止にはしないの？　旧札って偽造しやすいんでしょう」

路子が訊いてくる。

「世の中には、紙幣を箪笥《たんす》の中に入れたまま三十年以上も放置している人間も大勢いる。それに築百年の古民家の納戸《なんど》から子孫が大量の旧札を発見する場合だってある。旧紙幣を廃止すると困る人間が一定数いる限り政府は、簡単に廃止法案をだせない。そういうことだ」

二課時代、横領金や税金逃れのためにキャッシュを隠匿《いんとく》しているケースをたくさん見てきた。政治家と極道に多い。いま目の前にあるケースと同じで闇に閉ざされたままの現金というのは、存外多くある。

「なるほど、使えるんだ」

紙幣をじっと覗き込む路子の双眸《そうぼう》が、きらりと光ったように見えた。

「何枚か見せてくれないか」

「ネコババしないでよ」

いちいちカチンとくる言い方をする女だ。とりあえず三枚受け取った。いずれもホログラムのないD号券である。現在流通しているのはE号券だ。

富沢は、そのほかのチェックポイントを確認した。すぐに分かった。

「こいつは一九九三年の十二月から二〇〇一年の五月までの間に発行していた紙幣だ」

「富ちゃん、古銭鑑定士？」

路子がぶっきらぼうに言う。風船ガムを膨らませながらだ。古参刑事の煙草はまだ許せる。だが、目の前で風船ガムを膨らますというのは、まさに小バカにされているようで、一段と腹が立つ。

「金にまつわる事案を扱っている者なら、常識として知っていることだ」

富沢は厳然と言い放った。

「かいつまんで説明して」

目の前で、風船ガムが萎《しぼ》んだ。

イラつく女だ。

「八四年に最初に発行されたD号券の記番号は当初黒色印刷だった。そうだ、そのアルファベットと数字の番号だ」

「これ茶色じゃん」

「黙って聞けっ」

富沢は怒気を強めた。

「偽札が横行したころから、九三年の暮れに褐色に変えられたんだ。そのとき同時に、マイクロ文字や特殊発光インキを施すようになった」

「ほう」

と黒須が唸る。こいつ何様だ？

「それとこの紙幣には『大蔵省印刷局製造』とある。それが二〇〇一年五月以前の印刷である確たる証拠だ」

「二〇〇一年といえば、省庁再編……」

「そういうことだ。〇一年の五月十四日発行分からは『財務省印刷局製造』となっている」

「それ役に立つ知識だわ」

黒須が感心したように言う。どっちが上司だ？

「ちなみにD号券は、さらにその二年後の二〇〇三年の七月一日から『国立印刷局製造』と変わっている。何かと変遷の多い紙幣だった。まぁ、いま出てきたこの第二期D号券には無用の説明だがな」

「雑学って大事ね」

雑学じゃない！

声を荒らげようとして、寸前で止めた。若い警官ふたりが見ている前で、あまりにも大人気なさすぎる。

「二〇二四年に渋沢栄一《しぶさわえいいち》に変わるよね？」

路子が窓の外に目をやった。

「そうだが？」

「さすがにそうなると、これは古い印象になるわよね」

「たぶんな。いまは、D号券も諭吉は諭吉ということで」

「少し見えてきた」

と路子は言った。

「何がだ？」

「ロケット弾をぶっ放した連中の狙い」

自信ありげに顎に手を当てている。

「今度はお前が説明してくれないか」

「ひょっとしたら、これから六本木のあちこちで爆破や火災が起こるかも」

「なんだって？」

「ごめん、説明している暇はないわ。裏を取りに行ってくる。そっちは厚労省ルートでしょう。どっかで交わるのを待っているわ。じゃあ」

と言って黒須は襲撃現場を飛び出していった。

「待てよ」

追いかけようとしたが、サイドポケットでスマホがバイブした。見ると厚労省の渡辺からだった。

『山崎悦子をよく知る女性職員が分かった。研究開発振興課の一般職員で中村春海《なかむらはるみ》。彼女の仕事をよくサポートしていたそうだ』

「ありがたい情報だ」

『ただし、省内は山崎の件でやけにピリピリしてる。警視庁の人間が接近したらすぐに上に知れるぞ。慎重に対処してくれ』

「わかった。渡辺には迷惑を掛けないよ。警視庁が直接当たることはしない」

富沢はスマホをいったん切り、谷村と佐々倉に向きなおった。

「原状復帰の必要はなくなった」

壁に穴が開いたこの状態こそが新たな現状となる。

「捜査本部に連絡してくれ。大量の現金が発見された。新たな角度からの捜査も必要だと」

そう続けた。

「はいっ」

谷村と佐々倉が無線を握りしめながら階段を駆け下りていく。ひとりになったところで富沢は、スマホをタップし直した。相手はすぐに出た。

「富沢さん、久しぶりです。二課に復帰ですか？」

若い男の声だ。

「いや、残念ながらまだマル暴だ。情報業は相変わらず忙しいか？」

「ええ、相変わらずですよ」

佐藤清司《さとうせいじ》。元国税庁の査察官。三十二歳。独立して情報収集業を営んでいる。公務員では出来ない潜入捜査の請負人だ。富沢は佐藤が国税庁にいた時代、何度か情報共有をしているが、信頼のおける人物だった。ノンキャリアのために、役所での将来は見えているということで、独立している。

「内偵のプロに、個人的な調査を依頼したいんだけどね？」

「選挙とか横領絡みですか？」

「いや、簡単な情報収集だ」

富沢は厚労省の件について説明した。佐藤は応諾《おうだく》した。お互い利用し合っている。佐藤もまた引き受けた仕事によっては、富沢を頼ってくるのだ。

電話を終えると、富沢は麻布南署の捜査本部へと向かうことにした。自ら説明したほうが早い。

黒塗りのクラウンは、見当たらなかった。

4

夜になった。

六本木はまばゆいばかりの光に包まれていた。路子は外苑東《がいえんひがし》通りから一本溜池《ためいけ》側に入った位置にある飲食店ビルの四階にあるバー『スターライト』の重い扉を開けた。

「銀座の『ジロー』の娘です」

入るなりそう名乗った。店内には古いジャズが流れている。デイヴ・ブルーベック・カルテットの『テイク・ファイブ』。

室内の雰囲気は英国貴族の書斎風だ。ソファにホームズやポアロが座っていてもおかしくない。

「あぁ、黒須さんかい」

蝶ネクタイをした老人がカクテルグラスを拭いていた。タータンチェックのベストがよく似合う。

「大沢《おおさわ》さんですね」

「はいそうです」

白髪をオールバックにした老人が満面に笑みを浮かべた。老人の名は大沢英樹《ひでき》。八十歳を超えているはずだ。

「バブル期のこの町の話を聞くなら、大沢さんがベストだと母から聞いてきました」

路子はカウンターに腰を降ろした。客はひとりもいない。

「幸代《さちよ》ちゃんは、毎晩、べろべろに酔って、電信柱に抱きついたりしていたから、自分では全く覚えていないんだろうね」

幸代とは母のことだ。今年で六十歳。二十代の頃は銀座のホステスだ。アフターで連日六本木のディスコで踊り明かしていたらしい。

「大沢さんは、当時からここで」

「ずっとここでやっています。そう、幸代ちゃんの娘さんももうこんなに大きくなったんだ」

　大沢が目を細めた。

「祖母もお知り合いだとか」

「はい、園子さんは、私の姉のような存在でしたね。戦後からずっとお世話になっていた。私の知っていることなら何でもお話ししますよ。八〇年代バブルなんて、私にしたら、ほんのちょっと前の話です」

「六本木刃風会について聞きたいんですけど」

「あぁ、タマケンの六刃《ロッパ》だね。まさにバブルギャングだ」

「バブルギャング？」

「そう。今でいう半グレのハシリだ。当時はまだ半グレなんていう言葉はなくて、愚連隊《ぐれんたい》系《けい》ヤクザと分類されていたはずですが、ロッパはあか抜けた連中だった」

　愚連隊系ヤクザ。

　路子は、その呼称をマル暴の古参刑事たちから聞いたことがある。

　いまでこそヤクザにジャンルはなくなったが、昭和の終わり頃までは、博徒《ばくと》系、テキ屋系、愚連隊系と稼業ごとに分かれていたという。

　博徒とテキ屋は、江戸時代にまで歴史をさかのぼる伝統的な極道だが、愚連隊系は主に戦後の混乱期に結成された新興暴力集団だという。ギャングとも呼ばれていたらしい。横浜、新宿歌舞伎町《かぶきちょう》、渋谷《しぶや》、六本木など戦後急速に発展した歓楽街を根城《ねじろ》に活躍し始めたヤクザだ。

「元祖半グレですね」

「そんなところです」

大沢は何も聞かずに、オールドパーをロックグラスに注いだ。グラスの中に球状の氷が入っている。その氷が黄昏《たそがれ》色の液体に覆われていく。氷の奥からバブルの喧騒が浮かび上がってくるようだ。

「ジローさんはこれしか飲まなかった」

祖父の名だ。黒須次郎。戦後を彩る悪人のひとりらしいが、路子は写真でしか見ていない。

「ありがとうございます」

路子は一口舐めた。美味《おい》しい。氷の差だろうか？　それともこの粋な店の雰囲気のせいだろうか。実家でときたま飲むオールドパーより美味しく感じる。

「米軍と相当つるんでいたと聞きました」

「はい、六本木刃風会はシカゴスタイルを気取った愚連隊でしたね。米兵相手によく闇カジノを開いていました」

　大沢は自分もオールドパーをショットグラスに入れた。いまどき、ウイスキーをショットグラスで飲む大人を見たことがない。大沢はさっと一息に飲んだ。

「バブル崩壊で、首が回らなくなり、マニラに逃げたと」

　路子は関東泰明会の金田から聞いた話をぶつけてみた。

「そういう噂は聞いたことがあります」

　大沢は振り向き、小皿に入れたピーナッツを出してきた。

「千葉の八街《やちまた》産です。マメはこれに限ります」

　路子は、一粒口に放り込んだ。カリッと歯ごたえがあって美味しい。

「玉井が地上げや闇賭博を開いて稼いだ大金をあちこちに隠していったという噂は聞いていませんか？」

　核心に入った。

「知っている人間は少なくなったと思いますよ」

　大沢が遠くを見るような目をした。

「知っているんですね」

　路子は、またグラスを口に運んだ。唇に球状のロックアイスが触れてピリッとした。

「本人も忘れているんじゃないでしょうか。狐は自分の餌をあちこちに穴を掘って隠しておく習性があるといいますが、時々それをどこに隠したか忘れてしまうと言います」

大沢の眼が光った。

「教えてくれませんか？」

路子は鋭く大沢を見た。

「いや、確信はありません」

「どこに隠したか忘れた相手が、手当たり次第に、穴を掘りまくったら、六本木が火の海になります」

大沢がため息をついた。

「玉井が帰って来た、ということですね」

「目撃情報があります」

「なるほど」

大沢がターンテーブルの前に進んだ。アナログ盤のレコードを載せ換える。

「アート・ブレーキーです。六十年ぐらい前のフランス映画のサウンドトラックです」

なんとも切迫《せっぱく》感が漂うメロディが店内に鳴り響いた。

「聞いたことがあります」

ピーナッツを齧《かじ》る。知っているメロディだった。だがタイトルも映画も知らない。

大沢がターンテーブルの下のキャビネットを開け、ごそごそとやり始めた。しばらくして地図を取り出してきた。

「いまの人はすべてネットで検索するようですが、私らはやっぱり紙を広げないことには、説明出来ません」

カウンターの上に大きな地図を広げた。

「一九九二年頃のこの町の飲食店状況です。ミッドタウンは防衛庁で、ヒルズはテレビ朝日でした」

「防衛庁ですか」

「そう、まだ省ではありません」

「こうして見ると、防衛庁の脇なんかは、裏通りだったんですね」

地図で見る限り、公衆トイレがぽつんとあるだけだ。

「はい。その通りはミッドタウンが出来るまでは、赤坂に抜けるための裏道でしたね。片側は防衛庁の壁で覆われていたので夜は灯りがありません、閑静なマンション街と言った方がふさわしかったかもしれません」

「いまは、リッツカールトンに続く道ですよね」

「当時は、この通りに一晩中、車がずらりと駐車していたものです。みんな酔っぱらったまま運転して帰っていた時代で、裏通りに当たるここに停めていたんですよ。明け方、酔ったまま車を飛ばして熱海《あたみ》に行くなんてこともざらだったようです」

「ディスコ全盛期ね」

最近、またディスコという言葉が復活している。

「ええ、八〇年代はディスコがようやくクラブと呼ばれ始めた頃でもありましたな。レゲエとかハウスとかですね」

さすがに大沢は、六本木の変遷に詳しい。レゲエとかハウスという単語がこの老人の口から飛び出してくるとは思わなかった。その大沢が広げた地図に、赤のサインペンでマルをつけ始めた。

路子は、目くるめくバブル期に思いをはせながら、その作業を見守った。

「玉井も焦っているでしょうね。あの頃、金を隠したビルが、次々に取り壊される時代になった。はい、爆破されそうなビルは、こんなもんでしょう」

大沢が、マル印をつけた地図をクルリとひっくり返して、路子に向けてきた。

「これは？」

「当時刃風会がよく賭場を開いていた店が入っていたビルです。覚醒剤のウリもそこでやっていたはずですよ。それらの店はとうに代替わりしているので、内装工事の際に発見されたものもあるでしょう。だが、壁の裏側や天井の上だったら、残っている金も相当あると思いますよ」

玉井は壁の裏にきちんと隠していた。店は変わっても、ほとんど手つかずで残っている可能性が高い。麻布十番のビルがそうだった。

警察が発見していなかったら、ほとぼりが冷めるのを待って、取り出しに来るつもりだったのではないか。

大沢が丸を付けたビルは十以上もあった。

「発見されていたら、それはネコババされていますよね」

一応、訊いてみた。

「当然でしょう。表に出せない金だとすぐに分かったはずです。そうですか。玉井が帰って来たんですか。そうですか。それは、いろんな組織も色めき立ちますね。玉井が出入りをするビルを見つけて、先取りを企む輩も出てくるでしょう」

大沢は再びショットグラスにオールドパーを注ぎ込んだ。一気に呷《あお》る。その眼が、一瞬泳いだ。天井を見つめている。

「ご主人も、天井をネコババしましたね？」

路子はポケットから風船ガムを取り出した。口に放り込む。

「まいったなぁ。さすがはジローさんのお孫だ。今夜で、この店畳みますよ。もうここで五十年になります。見切り時です。ハイ、この瞬間に店閉めます」

大沢は焦った顔つきをして、店の扉を開けて「close」の札を出した。

「ここにも玉井健は出入りしていたんですね」

「うちのカウンターで、よく地上げの相談をしていました。九四年頃、私がいない時に来て天井に一億円入りのトランクを二個隠していったみたいです」

大沢は極まりの悪そうな顔をした。

「ご主人、一晩かけて、六本木の暗黒史を聞かせてもらいましょうか」

路子は腰を据えることにした。

いよいよ、麻布十番の『アウトキャスト』襲撃の裏が取れそうだ。

第四章　クロス・ポイント

1

翌日の夜。

今にも豪雨でもやってくるのではないかと思うほど、外は蒸していた。ひと雨来そうな気配だ。いっそ土砂降りになってくれた方がいい。

「あそこのマンションですね」

傍見がエルグランドのリアウインドーの向こう側を指した。六本木五丁目。長らくランドマークとして親しまれた六本木モアナビルの裏側だ。

『第五王宮《おうきゅう》マンション』

門柱のプレートにそう刻まれている。外観はまるで古城。

「ひと昔前のラブホテルみたいね」

路子は思わずつぶやいた。

「五十年以上前は、これがトレンドだったんでしょう。北青山《きたあおやま》とか外苑前あたりに結構、このシリーズの物件が残っています」

「へぇ～」

路子はガムを膨らませた。風船ガムは路子にとって煙草のようなものだ。ふわ～っと膨らむガムが煙というわけだ。一回膨らませるごとに、不思議と考えがまとまってくる。

「ぼちぼち、夏島《なつしま》が見回りにやってくる頃です」

エルグランドを、エントランスの見える路肩に滑り込ませながら傍見が言った。

夏島俊司《しゅんじ》。東横連合の総長だ。

「一気にやるわよ」

「へいっ」

と傍見が、後部座席に首を回した。

若衆が、四人乗っている。四人が無言で頷く。それぞれ金属バットやゴルフクラブを握っていた。

「夏島の護衛の数は？」

「多分十人は連れていますよ」

「半分の人数でやれる？」

「プロとアマの差を見せてやりますよ」

なんとも頼もしい。

午後十一時。

外苑東通りから黒のアルファードが入ってきた。第五王宮マンションの前で停まる。

まず前部座席のドアが開いて、ハーフパンツにTシャツを着た若者がふたり降りてくる。後部座席のスライドドアの周りに向かう。

「夏島がいるかどうか確認してからよ」

「了解っす」

スライドドアが開いた。夏用のスーツを着た男が降りてきた。ノーネクタイ。ウエーブのかかった茶髪に、黒ぶちメガネをしている。ぱっと見はベンチャー企業の社長だ。夏島俊司。三十五歳。渋谷の不良からなり上がって、東横連合を作り上げた男だ。

続いて数人の男たちが降りてきた。いずれもスーツやジャケットを着ている。東横連合の若き幹部たちのようだ。

マンションのエントランスからも出迎えがふたり飛び出してきている。どちらも骸骨《がいこつ》のように瘦せている。こいつらはジャージ姿だった。安物臭いチェーンネックレスを首からぶら下げている。歩くたびにジャラジャラと鳴ってうるさい。

「調教はうまくいっているか？」

夏島の声が聞こえてくる。

「新人のふたり、もう落ちています。言いなりですよ。売り先はドバイですか？」

ガリガリに瘦せている男が答えた。間違いなく薬物中毒者だ。

「いや、あのふたりは売らない。いくらアラブの王様がでかい金額をつけても、あんな経歴の女たちで、一回限りの商売をするのは、もったいなさすぎる」

夏島が言った。咥《くわ》え煙草だ。

中東に女を捌《さば》いているのは知っていたが、テロリストだけではなく富豪たちとも取引をしているようだ。

「まったくですね。今売り出し中の女実業家に、厚労省の女性キャリアって、今後どうにでも使えますすね。素性を吐かせた時には、一瞬焦《あせ》りましたがね」

瘦せた男が答えた。シャブ中の割には賢いことを言っている。もっとも覚醒剤中毒者はシャブを打っているときが唯一正常なのだ。

夏島は頷いた。煙草を吸い終わってから入るらしい。

側近と思われるスーツ姿の男が、横から口を挟んでいる。

「あのふたりを手に入れたら、ダイレクトに政財界にアプローチを図れるかもしれませんね。それが可能になると、いつまでも本職と手を組んでいる意味もなくなるってものです。旺盛会なんか早く切ってしまいたいですから。ねぇ総長」

「その通りだ。来週でも、店は燃やしてしまったが、最後にあいつらもいい獲物を拾っておいてくれたものだ。今度は青山あたりに新しい店をオープンさせようや。ホストも思い切りインテリ系を集めろ。客層を変えるんだ」

「はいっ」

側近が畏まる。

「調教は、済んでいるんだな？」

夏島が、煙草を路上に捨て、革靴の爪先で揉み消しながら訊いている。

「ふたりとも、乳首を一回つねって、後は放置するだけで、何でも言うことを聞きますよ」

瘦せた男が得意げに言う。

「なら、引き取っていくよ」

夏島が瘦せた男の肩を抱いた。

「手間が省けたようね。飛び込まなくても、連れて来てくれるみたい」

ウォーミングアップのために首を回していた路子が言った。

「ですねぇ。路上戦で済みそうだ」

夏島が部下たちを連れて、マンションの中に入っていった。

路子は待った。

「三十分で出てくるはずですよ。十二時にはいつも西麻布のクラブで飯を食うっていう情報があります」

後部座席の組員が言った。クラブルートで仕入れたらしい。

「待つわ」

夏島の気が変わってふたりの女を連れてこなければ、改めて夏島に襲いかかればいい。

そして女たちを解放させるのだ。

「東横の事実上の本部ってどこなの?」

半グレはヤクザと異なり、看板を掲げた事務所を持っているわけではない。

「夏島は正業のあちこちのオフィスを回っているらしいです。AV制作会社や金融屋です。住んでいるのは三田《みた》のタワーマンション。芸能人や有名人御用達で、セキュリティはガチガチです」

なるほど身を護る術は心得ているらしい。

どうやらアウトキャストのホストたちは、前園洋子を熟女系風俗嬢と勘違いしていたらしい。山崎悦子はさしずめその妹分と踏んだのだろう。

調教してうまく高級マダムに仕立て上げ、中東の富豪に売却しようと計画していたようだ。

ところが攫《さら》った後に、本物の女実業家と高級官僚だと気付いた。

当然、それなら使い道は違ってくる。そこから、様々な情報が引き出せ、強請《ゆす》りや恐喝のネタに使える。

前園洋子たちは、まったく厄介なホストクラブに足を踏み入れてくれたものだ。

半グレの触覚店であるホストクラブは、目先の利益になる風俗嬢やキャバ嬢たちよりも、素人がやってくるのを、指をくわえて待っている。

後々大きく化けるからだ。

そこに、まんまと嵌《はま》った。

困ったおばさんとねえさんだ。保護したら、多少お仕置きしてやらねばならない。

外苑東通りから怒鳴り合いの声が聞こえてきた。外国人同士のようだ。近頃六本木も歌舞伎町化している。圧倒的なアドバンテージを持った支配者がいないので、町が荒れ果てているのだ。

警察は事件が起これば動くが、予防に関してはパトロールを繰り返すのみだ。無力に等しい。

十一時二十分。

第五王宮マンションのエントランスに、男たちの姿が戻ってきた。

その輪の中に、夏島と女がふたりいるのが見えた。

ひとりは元厚労省の山崎悦子と認められた。黒のスカートスーツを着ている。もうひとりはおそらく前園洋子。ロイヤルブルーのワンピース姿だ。

「かっさらいに行くわよ」

路子はエルグランド助手席の扉を開け飛び降りた。今夜は白のポロシャツにブルージーンズという軽装だった。

いきなり夏の蒸気に包まれた。ステーキハウスの路地から悪臭が漂ってきて、鼻が曲がりそうな気分になる。

後部座席のスライドドアから、組員四人が飛び出した。全員戦闘服だ。金属バットを持って襲い掛かっていく。路子と傍見はその後から続いた。

「うぉおお。クソがぁ」

背中を向けているハーフパンツの半グレ男たちの、肩と背中、それに脛を、次々に打ち砕いていく。

「うぎゃっ」

「あうっ」

あっと言う間に三人がアスファルト上に転がった。組員たちは決して敵の頭部は打ち砕かない。殺人に繋がるような下手は打たないのだ。喧嘩のプロたるゆえんだ。半グレたちの反撃力を奪えばそれでいいのだ。

「てめえらなんだよ」

グレーのスーツを着た幹部らしいひとりがサイドポケットからスタンガンを抜いた。

「芝浦の傍見組よぉ」

傍見が吠えた。大型ハンマーをぶら下げている。そいつで一発、前方に停まっていたアルファードのヘッドライトをぶっ叩いた。ライトが木端微塵に砕け散る。

「泰明会系じゃねぇか。ここは起久組のシマだぜ」

夏島が静かな口調で言って傍見を睨んだ。

「旺盛会には通してある」

傍見が、もう一発大型ハンマーを振るった。今度はフロントグリルだ。威圧的なアルフアードのグリルが大きくへこみ、ラジエターが破裂した。

「なんだと、こらっ、ふざけんなっ」

夏島もポケットを漁《あさ》った。防犯スプレーだ。躊躇《ちゅうちょ》なく傍見組の組員のひとりに噴霧《ふんむ》した。ハバネロだ。

「んぎゃぁ」

組員が金属バットを放り投げて、道に蹲《うずくま》った。

路子は腰のホルダーから拳銃を抜いた。制式拳銃のサクラではない。ヤクザがコケ脅しに使う、旧式のマカロフだ。一度も撃ったことがないので、試してみたかった。泰明建設の倉庫にあったものだ。銃口を夏島の足元にめがけて、発射した。乾いた音と同時に、コンクリートの破片が飛び散る。

「な、なんだ、この女っ。マッポかよ」

六本木のど真ん中で、いきなり発砲され、夏島はさすがに怯《ひる》んだ。幹部たちもいきなり飛びのいた。ヤクザと違ってボスの盾になどならないようだ。

「くそっ」

夏島が、後方のアルファードの運転席へと飛び込んだ。自分だけ逃亡する気らしい。

「奴をお願いっ」

傍見に告げて、路子は敵陣の中へと飛び込んだ。傍見組の三人の組員が一緒だ。

「なんだ、なんだ、切れているねぇちゃんかよ。クスリならやるぜっ」

ハーフパンツの坊主頭がおどけた調子で言うが、路子はそいつの足元にも弾丸を撃ち込んだ。

「うわぁ、ねえさん、いかれている」

飛び跳ねざまにそいつがジャックナイフを投げつけてきた。左に飛んで躱す。白のポロシャツの右袖がほんの少し切れた。

「わっ」

ジャックナイフを投げた男は着地が出来ずに、顔からアスファルトに落ちた。組員が左右の膝頭をバットで打ち砕いていた。

「うわぁあああ。立てねぇよ。アニキ助けてくれよ。俺の身体《からだ》、持ち上げてくれよっ」

尻を着いたまま泣きじゃくっている。太腿から先が動かないらしい。だが、スーツを着た幹部たちは、構わず外苑東通りの方向へと駆け出している。

真横で傍見が、発進しようとしたアルファードのフロントウインドーをハンマーで叩き割っている音がした。正面を蜘蛛の巣状態にされたアルファードは発進出来ずに、立往生だ。

取り残された女ふたりが、茫然と佇立《ちょりつ》していた。アンモニア臭がたちのぼっている。元キャリア官僚か？　それとも女実業家か？

「漏らしちゃいましたか？」

路子の問いに、ふたりの女は唇を震わせているばかりだ。目の焦点は定まっていない。シャブ漬けにされていたのは本当のようだ。

「前園洋子さんと山崎悦子さんですね？」

路子は訊いた。ふたりは首を振った。

「私は警察官です」

警察手帳を提示する。

「し、信じるわけないでしょう」

前園洋子が、初めて口を開いた。

「しょうがないわね。とりあえず勝手に保護させていただきます。前園さんには捜索願いが出ています」

路子は、刺激しないように、ゆっくり前に出た。前園洋子に手を差し出す。

「あっちのエルグランドで、護送します」

そう言った瞬間だ。前園洋子が猛然とタックルしてきた。物凄い力だ。太腿をとられ、路子は尻から落とされた。

「うっ」

尾骶骨《びていこつ》に激痛が走る。シャブを喰らってる人間はこれだから怖い。

「姐さん！」

傍見が、駆け寄ってきた。

「私は平気だから、女ふたりを逃がさないで。シャブで飛んでいるわ。全員で潰して」

尻を撫でながら、叫んだ。

「分かりました。おめぇら、ラグビーみてぇに一気に潰せっ」

「おっす」

ハバネロを掛けられた組員以外の三人と傍見が、蝙蝠《こうもり》のように両手を広げて、ふたりの女にとびかかろうとしたその時だ。

耳を劈《つんざ》くような轟音がした。

「！」

耳を押さえながら、横を向くと、夏島が運転席に閉じこもっているアルファードが大爆発を起こしていた。

ルーフにロケット弾が撃ち込まれている。

「また、これ。六本木は戦場じゃないわっ」

路子は藍色の空を見上げた。

すでに封鎖されているモアナビルの屋上に、あの夜と同じスキンヘッドが輝いて見えた。

「クソボーズが！」

路子はマカロフで反撃した。だが届かない。やはり安物の銃でしかない。かなり下の外壁をほんのわずかに剝がしただけだった。

相手も何か放り投げてきた。

ポリバケツだ。一個ではない。十個ほどいっぺんに降ってくる。金盥《かなだらい》ならコントだが、中から透明な液体が溢れ飛んでいる。

「みんな屋根のある所に隠れて、熱湯かも」

熱湯と巨岩は、戦国時代からある戦法だ。着衣したまま沸騰《ふっとう》した湯を浴びると裸になって踊るしかない。路子も尻の痛みをこらえて第五王宮マンションのエントランスへと退避した。

「おぉおお」

傍見や組員たちも下がる。

女ふたりは外苑東通りへと走った。

「逃げたらだめだって」

ポリバケツが降ってきた。アスファルト上ではじけ飛ぶ。液体も飛び散る。油臭かった。灯油なんかじゃない。ガソリンだ。

「嘘でしょ」

モアナビルの屋上を見上げると、スキンヘッドが丸めた新聞紙にライターで火をつけている。

路子のほうを見下ろし、人差し指を突き上げた。炎に包まれた新聞紙を放り投げてくる。

「出来るだけ、車から離れて」

路子たちは猛然と外苑東通りへとダッシュした。左折して東京タワーに向かって走った。ハバネロを被った組員も顔を拭いながら走っている。

背中が熱波を感じた。振り向かなくても、路面がオレンジ色に燃え上がっている様子が想像出来た。

膝頭を打たれて、尻もちをついていた男は吹っ飛んだだろうか。夏島もおそらく人生を終えたことだろう。

六本木がとうとう火の海になり始めた。

前園洋子と山崎悦子は飯倉片町《いいぐらかたまち》の交差点付近を走っていた。そこに一台のレンジローバーが停まる。扉が開いて、大柄な外国人が降りてきた。どちらも迷彩色のジャンパーを着ていた。両手を広げてそれぞれが、疾走してきた女たちを抱き止める。女たちは暴れた。

だが搦めとられるようにレンジローバーの中へと引きずり込まれた。

通りは人でごった返していた。銃で威嚇することは不可能だった。

「運転席の男、タマケンだ」

荒い息を吐きながら、傍見が指をさした。

レンジローバーの運転席。サイドウインドー越しにちらりと横顔が見えた。

鷲鼻《わしばな》の精悍《せいかん》な目つきの男。還暦を少し越えたぐらいのはずだが、若々しく見える。髪はグレイに染められていた。

「やられたら、やり返すまでよ」

ついに戦うべき敵の姿を見た。路子は玉井健の相貌をはっきりと網膜に焼き付けた。ここからが、本当の捜査だ。

2

その日、佐藤清司は霞が関の中央合同庁舎五号館の前で、厚労省の女性事務官中村春海が出てくるのを待っていた。

スマホでその画像を何度も確認する。警視庁組対四課の課長富沢誠一から転送されたものだ。厚労省内の内部協力者が撮影したものらしい。職員食堂で、カレーライスを食べている様子を撮ったものだ。

女子職員同士で食事をしているのだろう。屈託《くったく》のない笑顔を浮かべている。和風美人だ。

霞が関の職員というより丸の内のＯＬのような華やかさがある。仕事ではあるが、こんな女性の私生活を探るというのは、わくわくする。

午後六時三十分。庁舎から大量の職員が出てきた。佐藤は慌てた。かつて自分も国税庁の職員として財務省の本庁舎にいたというのに、退庁時の凄まじさを忘れていた。キャリアを除く一般職員というのは、時間が来ると一斉に仕事を切り上げるのである。

世間が「役所みたい」という光景そのものだ。

スマホの画像を頭に叩き込み、人ごみに目を凝らした。国税の査察官だった頃から尾行には慣れている。網膜の中で、不必要な情報がふるい落とされていく。

男。パス。年長者の女性パス。

そうすると案外二十代女性は少ない。役所はまだまだ男社会なのだ。

「！」

佐藤の視線の焦点が、ごく自然にひとりの女に絞り込まれた。黒のスカートスーツ。スマホの画像と同じ顔立ち、同じOL風のムードを醸《かも》し出している女。

中村春海だ。間違いない。ひとりで歩いている。

OKベイビー。佐藤は脳内でそう叫び、尾行を開始した。

おやっ？

春海は、霞ヶ関駅には下りず、国会通りを内幸町《うちさいわいちょう》方向へと歩いていく。灰色のビルの間からくっきりと茜色《あかねいろ》の空が見えた。

日比谷で映画でも見るのか、それとも銀座で買い物か？　春海の背中はどこか浮き立って見える。これは、長年尾行を職業にしてきたものの勘だ。

人の背中には常に感情が宿る。悲哀、歓喜、怒気。様々だ。今目の前を歩く女はどこか浮かれている。

そんなときは隙もあるというものだ。初日から接触するチャンスが来たようだ。佐藤はネクタイを緩めながら歩いた。

春海は日比谷公園の脇を進み、内幸町の交差点を渡った。高架下を通り銀座西郵便局の前を左折した。

やはり銀座でショッピングか？

だが、花椿《はなつばき》通りには入らず、鉄道高架下を歩いていく。突如轟音を立てて高架の上を山手線と新幹線が並んで通過していく様子が向かい側のビルの窓に反射した。

春海は高架下に居並ぶ飲食店街のあたりまでたどり着くと、急に歩く速度を落とした。店を覗いたりしている。

待ち合わせか？

佐藤は距離を詰めた。

えっ？

春海がいきなり店に入った。引き戸が開け放たれた店だ。あまりにも、突然、すいっ、と入ったので驚いた。佐藤はとりあえず行き過ぎた。過ぎながら横目でちらりと店を盗み見た。

立ち飲みバーだ。

思わず、嘘だろうと声を上げてしまいそうになった。

オヤジ臭い女だなどと言いたいのではない。近ごろの銀座の立ち飲みバーは、かつてオヤジたちが楽しんでいた、それとは趣が違う。

ＯＬがひとりでも気軽に入れる小洒落たカウンターバーというコンセプトなのだ。

そういう店には、ナンパ目的の男もたくさんやってくる。

いつの間にか銀座の立ち飲みバーといえば、ＯＬとサラリーマンが誘い、誘われるのを楽しむ場と化している。

佐藤は急いで踵を返した。先に誰かに持っていかれてしまっては、今夜中の接触が出来なくなってしまう。

バー『貴久《たかひさ》』。おそらく貴久という店主がやっているのだろう。佐藤は足を踏み入れた。

「らっしゃいっ」

カウンターの中で、頑固そうな顔をした中年の男が言う。頑固そうだが、妙に味はある目つきだ。

U型のカウンターに立つ客の視線が一斉に佐藤に注がれる。驚いた。ほとんどが女性客だ。十人の女に対して、男が五人。カウンターは八分咲きというところだ。

春海は一番手前に立っていた。まだ、目の前に飲み物は出ていない。佐藤はすぐ横に割り込んだ。

「生ビール。あなたは?」

いきなり勝負に出る。

「私も、いま生ビール頼んだところです」

臆《おく》せず春海が答えてくる。ナンパされ慣れている感じだ。こんな女は、一気に押すしかない。

貴久の店主が、ビールグラスを二個差し出してきた。目が嗤《わら》っている。おめぇさん、展開早ぇな、という目だ。

佐藤はすかさず答えた。

「この人の分、俺の伝票に」

店主の目が、がってんだっ、と言った。男の味方の目だった。

「あら、悪いわ」

と言いつつも春海は、グラスを手に取った。

「乾杯っ」

無理やりグラスをぶつけて、縁をつくってしまった。

「会計士の佐藤といいます」

満更嘘ではない。公認会計士の資格は取得してある。表向きの事務所の看板もそうなっている。佐藤公認会計士事務所。だがその看板通りの業務を引き受けたことはない。もっぱら調査業を本業としている。そのほうがスリリングだから性に合っている。

「私は、百貨店勤務。店名は言えませんけど、この近所ですよ。中村です」

春海はあっけらかんとそう言った。ナンパされるのに本当の職場など言う必要はどこにもない。

そこから一時間、佐藤は喋りまくった。ビールは最初の一杯だけで、後は赤ワインにした。杯を重ねるうちに春海の身体が揺れてきた。ぼちぼちつけ込める。

午後七時半。店が一気に混みだした。カウンターを取り囲む人垣が二重になるほどに膨れ上がっている。ほとんど満員電車状態だ。

当然、男と女も入り乱れ始めていた。酔って甲高くなった声が響き渡っている。叫ばないと会話が出来ないようなありさまだ。

ケツを触るには、手ごろなタイミングだった。

佐藤は勝負に出た。

さりげなく、手の甲で盛りがったヒップを撫でる。手のひらではなく甲で撫でるのがミソだ。不機嫌な顔をされても、意図せず触れたと言い逃れ出来る。

反応はなかった。触り続けた。尻のカーブに沿って、少しずつ手の位置を下げていく。かすかに割れ目を感じる。

「ワイン、もっといける？」

ため口ＯＫで聞いた。

「もう、かなり、いっぱいいっぱい」

春海の目を覗くと、縁がねちっと紅くなっていた。手の甲は尻山の底に到達していた。裏返して指を曲げれば、女のもっとも肝心な部分に届く。

さすがに佐藤の心臓も高鳴った。呼吸も上擦ってくる。だが、ここが勝負だ。

「じゃぁ、もう一杯だけもらって、半分ずつ飲もう」

と、耳元で囁《ささや》き、手をひっくり返した。間髪を容れずに指を曲げて、カモン、カモンとやるみたいに動かした。もちろんスカートの上からだが、人差し指、中指、薬指が女陰と思われる柔らかな部分に触れた。もぞもぞと動かす。

スカートの後ろ全体が丸いヒップに張り付き、尻の割れ目がはっきり見えた。

「んんんっ」

春海が背筋をピーンと張った。拒絶はない。佐藤はさらに指を躍らせた。こちらが意図的に触っていることを告げるように、真ん中の中指に力を込めていく。タイトスカートなのでで攻めづらい。これがプリーツスカートやフレアスカートならば、確実に女の肉丘を左右に割っているところだ。

「ワイン、どうする？」

「あの、私、明日も早いので……」

春海が微かに股を拡げたような気がした。もっと触ってほしいのか、立っているのがつらくて踏ん張ったのかは、見分けがつかないところだ。

「あまり遅くならないうちに、一休みしていこうよ」

佐藤は、最終仕上げに自分の股間を、春海の腰骨の下あたりに押し付けた。すでにフル勃起している。

「あっ、はい」

こくんと頷いた。目が、すでにとろんとしている。

3

上野池之端《うえのいけのはた》のラブホテルに連れ込んだ。銀座界隈では、勤めている百貨店の誰かに見られるかもしれないと春海が言うので、タクシーを飛ばして上野にでた。タクシーの中では、女の気持ちが醒《さ》めないように、ずっとキスをしたまま、身体を触りまくった。春海のほうも今夜はそれを望んでいたようで、舌を絡みつかせてきた。

匿名《とくめい》になった女は大胆だ。日常では絶対に見せない本性を露《あらわ》にする。スカートの中に手を突っ込み、黒いパンストの股布のあたりを、三本の指で撫でまわすと、春海は後頭部を座席のヘッドレストに押し付け、身をくねらせた。

パンストやショーツをつけていることがもどかしくてしょうがないというように眉も寄せた。

普通のナンパならば、センターシームのあたりを破って、人差し指を秘穴にねじ込んでいるところだ。

だが、今夜は大事なミッションがある。タクシーの中では焦らすことに専念した。

縺《もつ》れるように部屋に転がり込んだ。

「俺、いま発情している。シャワーとかで間《ま》を置きたくない。あんたのべとべとになっているここに早く挿し込みたい」

舌を絡め、ブラウスの上からバストを撫で回しながら言った。まるで覚えたての高校生のような性急さで攻めたてる。

「あっ、そんなっ、べとべとなんて言わないでっ」

春海が抱きついてきた。身体が熱い。もう完全に沸騰しているようだ。スカートスーツのままベッド上に押し倒した。

「ぁあんっ」

身を捩《よじ》らせ、照れ隠しのために顔を背けている春海を、まん繰り返しにしてやる。着衣のままだ。

「あぁあぁあぁあっ」

黒いパンストに包まれた臀部《でんぶ》が丸見えになった。腰部を覆っている部分の黒がさらに濃くなっている。その網目の下から透けているショーツはシルキーホワイトだ。股間から発情臭が立ち上っている。

佐藤は、センターシームの脇を一気に破った。

「えっ。破っちゃうんですか」

さすがに驚きの声を上げた。

「同じものを百枚でも買ってやる。何ならショーツもブラもだ。スーツも一着ぐらいならOKだ」

パンストの破れ目を広げ、シルキーホワイトの股布を脇にずらした。解き放たれたように生臭い発情臭が、どっと沸き上がってきた。

濡れた花びらが蠢動《しゅんどう》し、肉襞《にくひだ》の合わせ目からは、にょきりとピンクの真珠が顔を出していた。大きい。

「あっ、いきなりそこを弄《いじ》るなんて」

佐藤は女の突起を人差し指の腹で捏《こ》ねながら、自分もベルトを緩め肉棒を取り出した。反りかえっている。

一言も断らずに、ぶすっと挿し込んだ。春海は、一瞬「えっ」と目を泳がせたが、亀頭が淫層の柔肉を擦り立てていくとすぐに歓喜の声を上げた。

「うわぁあああああ、凄いっ。パンストもショーツもつけたまま、挿入されたの初めてっ」

めったにない体験を味わわせてやったようだ。

佐藤は、亀頭の尖端が春海の子宮を叩いたところでにやりと笑った。まん繰り返しで挿し込んだまま、今度は、上半身を脱がしにかかる。

「あんっ、早く動かしてっ」

春海がもどかしそうに腰を打ち返してきた。ぬぽっ、ぬぽっ、と律動をする。

圧迫感がとてもいい。

だが、佐藤は唇を結んだまま、春海の上着を開き、白ブラウスのボタンをひとつずつ丁寧に外した。指を動かすたびに、インサートしたままの肉茎も揺れるので、それも適度な刺激になった。

「あっ、焦れったい。早く、ズコーンしてっ」

本当に匿名の時の女は、気の赴《おもむ》くままにものを言う。

「あぁ、すぐに膣がのたうち回るほど抉《えぐ》ってやるから」

ようやくブラウスが全開になった。ショーツと同じ色のブラジャーを、小ぶりだが形のよさそうなバストが押し上げている。ブラを上に押し上げる。

「いやんっ」

おわん型の乳房の頂で、乳首が硬直していた。乳房は小ぶりだが、乳首は巨粒だった。敏感そうだ。

バストが露になったところで、佐藤はある種の達成感を覚えた。

いったん目を瞑らせるために、棹を抽送した。望みどおりにズコーンとやっている。

「あぁああ、いいっ」

春海が激しく顔を振り出した。きつく目を閉じている。

佐藤は、脱ぎかけのズボンのポケットをまさぐった。スマホを取り出す。

着衣セックスに持ち込んだのは、このためだ。スマホをいちいちベッドの下などに隠さずにすむ。自分の裸は見せていない。

鋭いストロークを浴びせながら、佐藤は動画モードのスマホを掲げ、話しかけた。

「中村さん」

「んんんん、何？」

目を閉じたまま言っている。

「エッチ好きなんだ？」

AV男優になった気分だ。

「大好きなの」

言わせた。

「へぇ〜、厚生労働省の研究開発振興課の中村春海さんですね」

腰を捻り、鰓《えら》で膣壁を抉りながら訊いた。

「あぁあああん、えっ」

ビクッと身体を震わせた春海が目を開けた。スマホに悩ましそうな顔が映る。乳首もビンビンに勃っている。

「中村さん、やっぱ厚労省の職員だったんだぁ」

腰をずんずん振りながら言う。肉を繋げた部分から、びちゃびちゃと卑猥な音が上がっている。スマホのレンズを下げて、その接点を映す。

「いやっ、嘘っ、なにこれ」

「中村さん、挿されちゃっているんです。顔もおっぱいも丸出しです。万事休すですよ」

自分の肉茎の胴と根元が出入りしているところが映っていた。亀頭は映したくない。佐藤の防御本能だ。棹だけで、そうそう人物特定はされないのだが。

佐藤はとどめの言葉を吐いた。

「この画像は、ダイレクトに俺の事務所のパソコンに送られている。いつでも厚労省に送信可能だ」

「なんでこんなことを。私、あなたに何かしました、あふっ」

蜜壺を摩擦されているので、怒っている口調もエロ顔になってしまう。ここまで撮ればもう十分だった。佐藤はスマホをベッドの下に放り投げた。実際、パソコンに転送はされている。

そこからは本当に春海をめでるようにストロークした。乳首を舐めしゃぶりながら訊く。

「あんたが、事務官としてサポートしていた、山崎悦子について聞きたい」

「あんっ、あなた警察? 彼女については課長から緘口令《かんこうれい》が敷かれているわ」

「違う、警察じゃない。極道だ」

　ハッタリをかます。

「私、どうなるの？」

「退官するまで厚労省職員だ。だが俺の情婦《おんな》ってことになる」

　我ながら、いい殺し文句だと思う。この身体、抱き心地が最高だ。

「立ち飲みバーなんか行くんじゃなかったわ」

　春海は、悔しそうな顔をしながらも、喜悦の声を上げ続けた。佐藤は、ここが峠だとみて、擦りまくった。

「あふっ、うひょっ、あぁあん」

「で、山崎悦子は？　前園洋子の会社ジュリーズに便宜を図っていたのか？」

「それはないはず。あのふたりはレズ仲間なだけよ。私もさんざん誘われたけど、まったくその気はないから断った。あのふたりがホストクラブに出入りしていたのは、レズだと思われないための偽装よ。もっともこの先便宜を図らないとは限りませんけどね」

　そういうことだったのか。案外つまらない結末だったが、この女をモノに出来ただけでも、拾い物だった。

　佐藤は夢中でピストンした。

「あぁああ、いくぅうう」

そのまま春海は何度も絶頂に達した。くたくたになってようやくいち段落ついたところで、佐藤は何気《なにげ》なく、訊いた。

「レズって終わりはないんだろうな」

春海が天井を見つめたまま笑った。

「山崎さんは、男ともやっていた。不倫もバンバン。厚労省の外局にも不倫相手がいたのよ」

「外局？」

「マトリの男」

関東信越厚生局の麻薬取締役官のことだ。

「なんか、面白そうな話だな」

佐藤は極道口調で言った。

「そのマトリから、いろんな情報を聞かされていたみたいよ。これまで逮捕せずに見送った有名人の話とか」

「それ誰か言っていなかったか？」

ヒットだ。凄い報告書が書けるかもしれない。

「さすがにそれは喋らなかったわよ。キャリアは私たちには、そうそう情報は漏らさないもの。今の話も、私を口説こうとしてさんざん飲んでた時に、ポロリと漏らしたのよ。お酒は私のほうが強かったから」

佐藤は、春海の乳首に舌を這《は》わせながら、割れ目にも手を伸ばした。まだしっかりと潤んでいた。即挿入可能だ。

「春海、山崎悦子の不倫相手だったマトリの男を割り出せ」

「ぁああん。探しださないと、私のハメ撮り映像が流出しちゃうのね」

「そういうことだ」

物わかりのよさそうな女だった。

4

午後十一時。

「飯田局長！」

富沢は、椅子を蹴飛ばすように立ち上がり、直立した。

「こんな夜中まで、調べものかね？」

刑事局長である飯田久雄が、片手をポケットに入れたまま、入ってきたのだ。伴連れもなくひとりだ。

「局長こそ、こんな時間に」

富沢はさりげなくマウスを動かし、パソコンの画面を切り替えた。

かつての六本木刃風会に関する記録を調べていたところだった。富沢は、二課畑が長かった分、大金の隠し場所以上に、その出どころや流れに興味を持った。すでに時効であるとはいえ、何かのヒントになり得る可能性があった。闇の賭場にこれだけの金が集まるのならば、それを失ってもいいほどの人間が集まっていたはずだ。地上げの資金だとしたら、それはどこから出ていた金だ？

当時の六本木刃風会に関係する大手開発会社や、いわゆるバブル期の成金と言われる経営者たちの会社の資料を集めていた。

そんなことを調べていたのだ。人気《ひとけ》のないこんな時間がちょうどよかった。

「副総監と軽い打ち合せだった。本部の空気もたまには吸いたくてね」

刑事ドラマなどでは、所轄刑事が警視庁のことを本庁と呼ぶ場面があるが、それは正しくない。

警視庁は各都道府県の県警と同じで本部の立場だ。全国の本部を統括する警察庁こそが本庁となる。警察庁は捜査機関ではなく、内閣府に連なる事務官庁である。

その警察庁《サッチョウ》の局長がわざわざ警視庁の組織犯罪対策部にやってくることなど珍しい。国会対策のほうが重要な任務だからだ。しかも現在は午後十一時過ぎだ。

富沢は胸騒ぎがした。公安の寺林と会食して以来、飯田とは連絡をとっていない。寺林や垂石に痛くもない腹を探られたくなかったからだ。

「元気でやっているかね」

飯田は窓の外を眺めている。国会議事堂が見えている。すでにライトアップの時間を過ぎているので、その姿はまさに伏魔殿《ふくまでん》のようだ。

「はい。運よく大きな事案に巻きこまれておりません。東京オリンピック・パラリンピックが閉会するまでは、極道たちもおとなしくしているようです」

ありきたりの返事をした。

「後一年は無事過ごせるということだな」

暗い窓に室内のＬＥＤライトに照らされた飯田が反射して見える。いつものキャリア然とした表情に変わりはない。

「おそらくは」

そうとしか答えようがない。暗黙の協定があるとはいえ、ヤクザはヤクザだ。いつどんているのだろう。

現に六本木は一触即発の状態になっている。麻布十番の爆破事件を飯田はどのように見

「うん。この時期にきみを組対四課に出すのが一番良いと思った。私の掌中《しょうちゅう》の珠《たま》である

きみの経歴を汚したくはなかったからね」

飯田は、国会を見つめたまま言っている。珍しく恩着せがましいことを言っている。

そんなことをわざわざ伝えに来たのか？

富沢は深々と頭を下げる。

「恐縮するばかりです」

「だがね、富沢君。予定よりも早く、一課に戻ってもらおうかと思っているんだ。大きな

事件に巻き込まれてしまってからでは遅いからね」

飯田が窓ガラスに映る自分に向かって言っている。富沢の額に汗が浮かぶ。寺林の動き

を知られたようだ。

「は、はいっ」

さらに深く頭を下げる。栄転に間違いない。だが——。

「変則的だが九月に戻ってもらおうと思う。半年だけ課長補佐という肩書で勘弁してくれ

ないかね。現在の課長に瑕疵《かし》がないので、いきなり外すというのは極端だろう」

「高橋《たかはし》課長の下で学ぶことも大きいかと存じます」

無難な言葉を選んだ。高橋敏夫《としお》は飯田派の次の次の領袖と目されている。

二課長の後は刑事部の次長か一度、本庁の広報ということもあり得る。いずれ刑事部長、局長と進むのならば、マスコミ対策も重要な修業だ。キャリアはそうやって、一歩一歩、駒を進めていくのだ。しかも成功よりも失敗しないことが肝要となる。

そして富沢は、いまだ飯田派の一員――ということになっている。表面的にではあるが、もはや真実を語ることは憚《はばか》られる。

蝙蝠《こうもり》になってはいけないのだ。隠れ寺林派として手柄を積み重ねていくしかあるまい。

「局長。ひとつお訊きしたいことがあるのですが、よろしいでしょうか？」

「ふむ？」

飯田がくるりと室内のほうを向いた。当直の刑事が数人いるだけだ。それも本庁の局長がやって来たとあって、かなり離れた位置にある応接セットに移動している。聞き耳を立てる以上に、何か質問される方が面倒くさいのだ。

「麻布十番の事件についてはお耳に入っているでしょうか？」

こちらから探りを入れた。瞬間、飯田の目が光った。

「ああ、聞いているよ。きみが旧札を発見したそうじゃないか」

「偶然です」

「捜査一課《ソウイチ》の笹森《ささもり》が、勝手に現場の壁を開けたと文句を言っていたぞ。まぁ、部下が爆発に巻き込まれたのだから、現場を覗きに行くのは止むを得ないだろうと、私から宥《なだ》めておいたよ」

「申し訳ありません。ただし、現状のまま所轄と一課に引き渡してあります」

「問題ありゃせんよ。そのことは人事とは全く無関係だ。というか、一課だとか組対だとかっていうところの固有の事案は、事務処理だけをしてあまり首を突っ込みなさんな。しょせん、留学なんだ」

　飯田が、組対四課のデスクの山を見て吐き捨てるように言った。

「それはしかと、肝に銘じております。しかし、あの金は誰が隠したものでしょうね」

　それとなく飯田の反応を見た。二十五年前。一九九四年前後、飯田は二課の敏腕捜査員だったはずだ。課長代理の頃だ。

「地上げ全盛の頃に、デベロッパーから、ヤクザに地上げ資金として回っていたものの一部だろうな」

「やはりそう認識しますか?」

「当然だ」

飯田の目が泳いだように見えた。気のせいかもしれない。だが？

「だが富沢。大昔の話だ。いまさらつついたところで、どうなるものでもない。それともなにか、別件と繋がっているとか？」

飯田が目を細めた。寺林が狸の目なら、飯田は狐の目だ。どっちも食えない。

「いえ。何ら繋がりはありません。忘れることにします」

「それがいい。そんなことより二課に復帰するにあたって、手土産を持っていくことだ」

「はい？　手土産？」

いきなりの言葉に面食らった。

「関東泰明会のフロント企業の脱税か詐欺事案が適当だろう。土地のパクリとかな。組対留学の大きな手土産になる」

飯田はふたたび国会のほうを向いた。

この男、それを言いに来た？

「分かりました」

「なぁに、二課に着任したと同時に、手を付ければいい。それまでに目星をつけておけということだ。いくらでもあるだろう」

飯田は刑事たちのデスクを眺めた。

「拳銃を差し出すんじゃなくて、帳簿の五冊も集めてくれればいいのさ」

いまどきのヤクザにとって、拳銃は意味をなさない。隠匿《いんとく》資金を上げられるのは下手をすれば命取りになる。

「しっかり、やらせていただきます」

富沢は、答えた。

「頼んだぞ。俺はこれからまだ国会答弁書の確認だよ」

飯田が、じゃあな、というように手をヒラヒラとふって組織犯罪対策部を出ていった。

富沢は、すぐに警視庁を出た。タクシーに乗りスマホを取り出した。情報屋の佐藤を呼ぶ。佐藤はすぐに出た。

「いまセックス中なんです」

「俺の知ったことじゃない」

「こっちも情報得ましたよ。明日にでも第一報を送りますよ」

佐藤の声は上擦っている。本当に性交中なのであれば、不愉快極まりない。

「分かった」

「で、なんですか？」

「もうひとり調査を頼みたい。接触はなしだ。ある男の過去を調べて欲しい」

「いったい誰ですか？」

富沢は飯田久雄の名前と肩書を伝えた。

「おっ、うわっ。射精前に萎《しぼ》んでしまいそうだ」

「理由は訊かずにやってくれ。借りは必ず返す」

「分かりました。普通は断りたい話ですが、俺もちょっと闇の中を覗いてみたくなりました。怖いもの見たさってやつですね」

「命の危険を感じたらすぐに中止してくれ。それ以上に大事なものはない」

「あんたの口からそんな言葉を聞くとは思ってもいませんでしたよ」

「ふんっ」

富沢は電話を切った。得体の知れない焦燥感に襲われている自分がいた。富沢は背広のサイドポケットをまさぐった。煙草はやらない。ガムだ。庁内の売店で購入したものだ。板ガムを一枚、口に放り込んだ。このところガムを噛む習慣がついた。もっとも風船は膨らませない。

第五章　バブルギャング

1

路子は、勝鬨橋《かちどきばし》のマンションの前に立っていた。元厚労省官僚山崎悦子が単身で暮らしているというタワーマンションだ。もしかして戻っているかと、インターホンを何度か押したが、返事はなかった。

やはり呼んでおいてよかった。

通りに立ったまま、晴海通りのほうを眺めていると、じきに白のトヨタプレミオがやって来た。いかにも不動産屋の営業車だ。マンションの前に停まると、助手席から中年の男が降りてくる。恰幅《かっぷく》の良い男だ。脂肪がつきすぎているのか、額の汗をハンカチで拭きながらこちらに向かってきた。ベージュのダレスバッグを提げている。一昔前のビジネスマン風だ。

「お待たせしました。ロック・ホームズの田中《たなか》です」

田中がお辞儀した。

「さすがに泰明不動産とは名乗らなくなったのね」

路子は黒のパンツスーツでやってきていた。真夏にこの格好はつらいが、客を装って入る以上、Tシャツとジーンズというわけにもいかなかった。

「はい。十年前からこの名前でやっています。もともとうちは浅草だったのでロックです」

田中は、恵比寿顔のままインターホンを押し、フロントに来意を告げた。

「今朝ほどご連絡したロック・ホームズの田中です。一四〇二号室の内覧希望のお客さまをお連れしました」

オートロックの扉が開いた。エントランスロビーの中央に進み、円形フロントに挨拶をする。退屈そうに座っていた女性のコンシェルジュに名刺を渡し、鍵を持っていることを示した。

田中は他店で出ていた物件に客付けするふりをし、その不動産屋から鍵を借りてきたのだ。業者間ではこうした融通が可能だ。

「どうぞ。お帰りの時にもう一度お声をかけてください」

コンシェルジュが言った。入館時刻と出館時刻は記録しておくようだ。それ以前に、このフロントの真上には、監視カメラがきちんと取り付けられている。

エレベーターで一度十四階へ上がる。

「マルタイの部屋は十五階」

「分かっております。コンシェルジュの手前、いったん十四階で降りましょう。彼女、暇《ひま》なので階数表示を見ていると思います」

「そうよね」

ヤクザの慎重さに感心した。

十四階でエレベーターを降りると、田中はすぐに内階段へと案内してくれた。

「官僚というのは、若くても最上階に住みたがるのね」

その部分だけ、エアコンの効いていない内階段を上りながら、ひとりごとのつもりで言った。

「ヤクザと官僚はその辺が似ています。見下すのが好きなんですな。合理主義者の若手経営者なんかはタワーマンションの三階あたりに住みたがります」

大きな背中を揺すりながら田中が答えた。

「そうなんだ」

意外な印象を受けた。

「マンションの機能としては、ホテル並みのサービスがあるタワーマンションがいいですが、災害にあった時などは、低層階に居住していた方が、自力で脱出できるからですよ。低層階の高級マンションというのは、まだこの国では少ない。いずれ三階建ての広い中庭のあるマンションが求められ始めますよ」

田中は不動産屋らしいことを言った。たしかに、これからはそういう時代かもしれない。

十五階に到着した。

「山崎悦子の部屋は一五〇一。角部屋ね」

「単身者用の1LDKですね。とはいえ五〇㎡はあるはずですよ。新築時のパンフレットで確認してありますから」

不動産屋としての機能をフル活用しているようだ。いまやヤクザはごく普通に市民の中に溶け込んでいるのだ。

部屋の前にたどり着いた。

田中がポケットから、時計職人が使うような拡大鏡を取り出し、目に取り付けた。そのままがに股になって鍵穴を覗き込んだ。レンズの上に装着されているライトが点灯する。田中は何度か首を捻《ひね》りながら覗いていた。十秒ほどすると、ポケットから細い工具を取り出した。これも時計職人が使うような工具だ。

ロック・ホームズのロックの本当の意味はどうやら、鍵、という意味らしい。田中は窃《せっ》盗《とう》が専門ということだ。ヤクザの人材登用は多様だ。

「開きました」

仕事は五秒だった。扉を開けて中に入る。

短い廊下があって、すぐにリビングルームに出た。開放感のある窓からは、東京湾が望めた。

特別何かを発見したくて、ここに来たわけではない。バックグラウンドを知りたいだけだ。どんな生活をしていたのか覗きたい。

山崎悦子本人が姿を現した以上、行方不明者として捜索する必要はなくなってしまった。ここは民間人を装って、勝手に探るしかないのだ。

明らかな不法捜査なので、何を発見しても証拠にはならない。それでも構わない。何か、より大きな背後関係の手掛りが見つかればいい。

路子は白手袋をはめてリビングのデスクの上にあった薄型ノート型パソコンを開けた。

様々なファイルが並ぶ、いずれもロックされている。

「パソコンのロック解除が得意な担当者っている？」

田中に訊いた。

「そりゃ当然いますよ。闇のインカジをやっている部門がありますから」

「じゃぁ、このパソコン、持って帰る」

「承知しました」

田中がパソコンとコード類をダレスバッグの中に仕舞い込んだ。

室内は整然としていた。ラグの上にふたり掛けのソファとローテーブル。高級品ではないが趣味はよい。木目を生かしたデザインだ。

ドレープカーテンは薄いベージュ。室内の色調もおおむねブラウンで統一されている。

マンハッタンのアパートメント。そんな感じだ。

外資系企業の上級職、弁護士、文化人系タレント。そんな匂いが漂ってくる部屋だ。登記簿上は親との共同名義になっている。山崎悦子の父親は開業医だ。頭金を提供するぐらい造作もないだろう。

デスクの抽斗《ひきだし》を開けた。

役所の書類と通帳があった。出入金記録に特に変わった様子はない。毎月二十五日に俸給が入り、二十七日に住宅ローンらしき金額が引き落とされ、あとは細かく数万円単位で引き出されている。毎月、二万円程度が残り累積されている。手堅い生き方だ。

「ねぇ、盗《と》るほうのプロに訊きたいんだけど、ふつうどこから漁《あさ》るの？」

「片っ端からですよ。うちらは、どこをどうってことないです。時間にして十分いないって決めていますから、手当たり次第引っかき回します。窃盗犯は、現金か換金率のいいものしか持ち出しませんから。警察のガサ入れとは違いますよ」

「なるほど」

路子は冷蔵庫に向かった。生活の気配をもっと知りたかった。クリーム色の中型の冷蔵庫だった。開けた。

「？」

いくつかタッパーが並んでいる。日が経った総菜類がそのまま保管されているようだ。豆類が多い。健康志向だ。そのタッパーをどかした瞬間、路子は目を疑った。

おにぎり？

いやいや、ラップに包まれた白い粉が並んでいるのだ。すぐにひとつを破って開けた。

「ねぇ、これ本物？」

田中を呼んだ。

粉が何であるか、想像はつくものの、自分はやったことがないので、映画のように指に付けてしゃぶってみたところで分からない。こんなことは想定しないから、検査用液も持参していない。

ヤクザに訊くのが一番だ。

「おやまぁ、冷蔵庫が金庫だ」

田中が目を丸くして、粉を舐めた。にやりと笑う。

「本物ですね。これ、金の延べ棒と出くわしたのと同じですよ。ざっと二千万円ほどある」

「一袋残して持ち出して」

「はいっ」

田中は、十袋ほどを丁寧《ていねい》にダレスバッグの中に仕舞い込んだ。

本来ならば、即刻捜査一課に通報して、山崎悦子を指名手配してもらうところだ。だが、そういう自分は、不法侵入をしているのだ。それはそれで面倒なことになる。不法捜査による摘発では送検も難しい。

「出ましょう」

ブツが出たということで、山崎悦子という女の素性は想定できる。これだけの量を隠匿《いんとく》しているのだ。単なる使用者ではない。売人、それも仲卸《なかおろし》レベルだ。

急いで部屋を出て、コンシェルジュに対するアリバイづくりのために十四階の売り出し中の部屋に寄った。階段を使った。

五分ほど中を見学し、十四階からエレベーターを使って降りた。田中がフロントに大げさに手をふり、エントランスを出た。

ざっと二十分だった。

「そのブツの産地や国内の流通経路を知りたいわね。厚労省のキャリアが覚醒剤を隠匿よ。一番考えられるのは、横取りだけど、裏をとりたいわ」

ロック・ホームズの営業車に乗るなり、路子は吐き出すように言った。

後部座席に田中と並んで座った。運転しているのは、若手だ。

「本部から誰か寄越します。関東泰明会《ウチ》はシャブはマジにご法度《はっと》です。手を出したその時点で、絶縁されるんですよ。下手すりゃ、撃ち殺される」

田中が、かぶりを振りながら言う。真実だろう。巨大極道組織ほどシャブに対する統制が取れている。その怖さを知っているからだ。

シャブを扱うと、必ずシャブ中の組員が増える。

クスリの切れたヤクザは、たとえ親の首でも取りに来る。八〇年代にはよくあった話だという。金田はそこを断ち切ったために現在の企業群を作り上げることに成功している。

「本部には専門家がいるのね？」

何気なく訊いた。多少はやっているはずだ。

「直接はいませんよ。こういう場合、どっかの仲卸クラスを攫ってくることになります。だいたい半グレですよ。そいつにヤキを入れて調べさせるんです」

「決して自分たちの手は汚さないのね」

「はい、ヤクザですから」

田中が、大事そうにダレスバッグを抱えた。築地に入ったあたりだ。

「このまま、向島に向かってちょうだい。会長に直接渡すわ」

「はい」

営業車は歌舞伎座を越えたところですぐに右折し、昭和《しょうわ》通りに入った。

二千万円相当のシャブは、今回の捜査協力費にちょうどいいだろうと考えた。

車が秋葉原界隈《あきはばらかいわい》に近づいた時だった。いきなり背中に衝撃を受けた。リアウインドーが砕けて後頭部に降ってくる。タイヤの焼けるような臭いが上がった。

「なんじゃこりゃ」

田中が叫ぶ。白いものが交じり始めた頭髪に、いくつもの破片が突き刺さっていた。

路子は振り返った。大型ダンプのフロントグリルが、プレミオのトランクルームを圧し潰し、後部席の直前まで食い込んでいた。

運転席にいた若者が、助手席に置いてある金属バットを持って、飛び出した。

「おまえら、どこの者《もん》じゃ。おらぁ、どう始末付ける気だぁ、おぉおっ」

鬼の形相で、ダンプの運転席扉を一撃している。

ダンプは、バックした。

後方で何台もの車が急ブレーキを踏み、クラクションを鳴らしている。プレミオのトランクはひしゃげていた。

「嘘でしょう。もう一回、激突させる気よ」

「闘牛かよ」

田中はすでに反対側の後部扉を開けている。ダレスバッグは抱えていた。

ダンプが再び、急発進してきた。

路子も扉を蹴飛ばし、昭和通りへと転げ落ちた。その瞬間、ロック・ホームズとペイントされたプレミオが少し浮き上がり、突然火を噴いた。今度は車の破片が降ってくる。

「よくも、やったわね」

路子は、ヒップホルダーからS&W《スミスアンドウエッソン》のリボルバーを抜いた。通称、ミリタリーポリス。十七連発。ダンプのフロントウインドーに九ミリ弾を続けざまに撃ち込んだ。

すぐに蜘蛛《くも》の巣が出来る――。

はずだった。が、弾ははじき返された。防弾ガラスだ。軍用トラック並みの装備だ。

「逃げて、このダンプ、やばいわよ」

田中と若手に向かって叫んだ。案の定、荷台から、ロケットランチャーを抱えたスキンヘッドが現れた。

路子は左の歩道に駆け抜けた。田中は中央分離帯を跨《また》ぎ逆車線へと逃げる。急ブレーキとクラクションが飛びかった。

ボム！　という音がしてロケット弾が飛んできた。街路樹に突き刺さる。火花が四方八方に飛び散った。だが、これは、花火だ。

ハッタリに騙された、とそう思った時だ。周囲をプロレスラーのような男たちに囲まれていた。Tシャツからハムのような腕が出ている。身長はいずれも百九十センチほどある。そんな男たちが十人ほどいた。視界が遮《さえぎ》られる。

歩道での発砲はさすがに不可能だった。

「喰らえっ」

肘でわき腹を打たれた。路子も目の前の男の胸に頭突きを返した。

「うっ」

ビクともしなかった。それ以上に叩き込んだ頭頂部に激痛が走る。野戦用の兵士か、総合格闘技の選手のような胸板だ。

「いやっ」

後ろの男が、太い親指を股間に挿し込んできた。女の突起の部分を圧している。ずちゅ、と音が鳴る。最低の攻撃だ。全身の力が抜けた。

左右の男に腕を取られた。巨軀《きょく》の男たちが囲んでいるので、周囲に路子の姿は見えない。

ずるずると引きずられるように秋葉原駅の方向へと連行された。

2

放り込まれたのは黒のミニバンの後部座席だ。

運転席の真後ろだ。

サイドウインドーはカーテンで塞がれ、前方には同型のミニバンが走行しているため、視界から入ってくる情報は少ない。

ＪＲ秋葉原駅付近でこのミニバンに乗せられたということしか位置を知る手掛かりはない。どっちに向かっている？　それすら分からない。

「さっきの花火は、リハーサルだ。いまに六本木中に爆弾が飛ぶ。なぁ、最高だろう。平和ボケの日本人にはいい刺激だろうよ」

隣でプロレスラーのような男が、路子のブラウスのボタンを引きちぎり、グローブのような手を挿し込んできた。

「ちっ」

路子は唇を嚙んだ。抵抗しても、無駄に体力を使うだけだ。ここは覚悟を決めるしかない。路子は触られるままにして、隙が出来るのを待つことにした。

「私を拉致した目的ぐらい言いなさいよ。警察官を攫うっていうことが、どういうことか分かっているんでしょう」

極道は警察に喧嘩は売らない。桜の代紋を怒らせたら、総攻撃を受けるからだ。仁義なき戦いとなれば、警察のほうが強いに決まっている

「あんたに関しては、大丈夫なんだ。警視庁も厄介な存在だと思っているようだからな。潰してしまっていいんだ」

内部と繫がっている。そう直感した。

男がブラジャーをずり上げる。捜査には邪魔なだけの巨乳が現れる。男は揉まずに、乳首を摘まみあげた。親指と人差し指できつく潰される。

「うっ」

ちくっとした快感が走る。爪先に力が入った。

「警視庁《カイシャ》がたとえ私を厄介な存在と思っていても、刑事をやったからには必ず報復するわよ。逮捕なんて生易しいやり方じゃなくて、正当防衛と見せかけて撃ち殺してしまう。あんたその覚悟はあるの？」

路子は挑発した。

男の指の圧力がわずかに緩む。

「野村《のむら》っ、惑わされるんじゃねぇぞ」

助手席の男が振り向き、唇を捲った。一重瞼《ひとえまぶた》の昏《くら》い表情の男だ。

「そうだよな、清水《しみず》。この女、食っちまっていいんだよな」

「いいともさ。今夜中に、基礎工事中の建設現場に埋めちまうんだ。ビルが建ったら百年は発見されないさ。死体がなければ、犯罪だって成立しない。ビビることは何もない。まずお前がやれよ」

清水が言うと、野村がゴクリと生唾《なまつば》を飲み、今度は路子の股間に手を伸ばしてきた。

スーツパンツの上から、親指で女の柔らかな部分を押してくる。やけに大きな親指が、秘裂の間に、ズボっとぬかってきた。

「うっ」

小さく喘ぎ、両足を突っ張らせた。

「刑事も感じるんだな。もう濡れちゃっているんじゃないのかよ」

下卑た言葉を浴びせながら、野村はスーツパンツの脇のファスナーを降ろしてきた。助手席の清水が、振り向いたままにやにやと笑っている。

「早くその刑事のまんちょを見せてくれよ」

野村を煽《あお》り立てた。

「ぁあ、まずは指で、ぐちょぐちょに掻き回してやるさ」

言うなり、野村がファスナーの上のホックを引きちぎり、スーツパンツをずり降ろし始めた。

「くっ」

黒のパンティを丸見えにされた。バストは大ぶりだがヒップも大きい。警察官として訓練している間に、次第に巨尻になったのだ。そのためパンティは、ぴっちりと尻に張り付いていた。

「食い込んでいるぜ」

助手席のヘッドレストを抱え込みながら、清水が、路子の股をじっと覗き込んでいる。その顎に蹴りをぶち込んでやりたい。だが、堪えた。まだ、反撃のタイミングではない。

「報復するのは、警察だけじゃないわ。あんたら関東泰明会の車一台、潰したのよ。このままで済むと思ってんの?」

路子は、言葉で動揺を誘った。パンティの中に指を突っ込まれるにしても、もう少し時間を稼ぎたい。

「関東泰明会が、俺らを割り出して反撃して来てくれりゃあ、それはそれでいいんだよ。抗争勃発だ。東京中がパニックになるってもんよ」

清水が笑いながら言った。

こいつらはあえて抗争を起こそうとしているのか?

すこしずつ、絵が見えてきた。路子は自分の左手を野村の股間の上に這わせた。肉棹の尖端と思われる部分に触れる。硬い。少し下に指先を下げた。肉根がデニムのパンツを押し上げている。上から擦ってやると、野村はモゾモゾと腰を動かし始めた。

じきに隙は出来る。

「アニキ、女のズボンの裾をひっぱってくれよ。脱がしちまわないと、完全に股を拡げられない」

　先を急ぎたくなった野村が言った。助手席の清水のほうが先輩らしい。

「おうっ」

　清水が上半身を乗り出してきた。身体を前に折って腕も伸ばしてくる。路子のスーツパンツの裾を引っ張ろうとしているのだ。視線が真下に落ちている。路子はまだローファーを履いていた。清水も野村も捜査用のローファーだと気付いていない様子だ。

「女刑事《スケデカ》のまんちょを拝めるなんてめったにないからな」

　清水の右手の指が、裾に触れた。顔が完全に下を向いている。

「喰らぇっ、ドスケベ」

　路子はローファーの爪先を思い切り、撥ね上げた。爪先と踵に鉄板が埋まっているローファーだ。

「うわっ」

　清水の顔が、くしゃっと縮んだ。顎にヒットしていた。目が宙を泳いでいた。さらに鼻《び》梁《りょう》に踵を叩き込む。

「おえっ」

　血飛沫《ちしぶき》を上げて、フロントガラスのほうへと崩れ落ちていく。

「てめぇ、何しやがるんだ」

隣の野村が、わき腹に肘うちを喰らわせてきた。

「んんっ」

内臓全体が揺さぶられ、吐きそうになった。

「私で勃起してんじゃないわよっ」

金玉を握ってやる。グイッと握る。野村がバタバタと両手を振った。額に玉の汗が浮かぶ。

「死んじゃいなさいよっ」

それでも路子はさらに渾身《こんしん》の力を込めて、睾丸《こうがん》を握りつぶした。

「おぉおおおおおおぉ」

野村の眼球が飛び出しそうになっている。最後にクシャっ、と音がしたような気がした。

クルミを割ったような感触が手のひらに走った。

「げふっ」

野村が吐いた。黄土色《おうどいろ》の吐瀉物《としゃぶつ》が助手席に向かって飛ぶ。

路子は左のローヒールを脱ぎ、運転している男の頭頂部を殴った。

「あうっ」

ミニバンが急ブレーキを踏んだ。後部で衝撃が走った。追突されたのだ。目の前のバンは気が付かず、そのまま進行していく。視界が広がった。

路子はスライドドアを開けた。脱がされかかったスーツパンツを引き上げながら道路に飛んだ。ブラウスの前は開いたままだ。かっこ悪いなどと考えている場合ではない。

対向車線から来ていた車が急ブレーキを踏んだ。

そのまま玉突き衝突が起こった。

路子は、ブラジャーを戻しながら一気に対向車線を渡った。角に早稲田文化館《わせだぶんか》があった。つまりここは柳橋篠塚《やなぎばししのづか》通りだ。路地を目指して歩道を駆けると、柳橋方面から歩道を自転車に乗った警察官がやってきた。事故を目撃して駆けつけようとしているのだろう。必死にペダルを漕いでいる。

「その女、シャブ中だ。確保しろ」

背中でそんな声が飛ぶ。

追突したミニバンから飛び出してきた男だ。昭和通りで路子を取り囲んだ連中のひとりだ。男たちは三台のミニバンに分乗していたわけだ。

「拳銃も所持している。確保しろ」

言いながら、男も対向車線を渡ってくる。さらに背後からも続々とやってくる。

こいつら純正ヤクザじゃないっ。

「待ちなさいっ」

制服警官が言った。

「警視庁組織犯罪対策部四課の黒須よ。問い合わせて。あいつらはヤクザ」

警察官は狼狽《うろた》えた。

どっちを信用していいか分からない顔だ。

そのすきに路地に飛び込んだ。男たちも警察官を突き飛ばして、路地を追ってきた。先頭の男が、拳銃を手にしている。さっきまで路子が手にしていたミリタリーポリスだ。まだ弾は五発ほど残っているはずだ。

立ち止まったら最後だ。

ビルの隙間を駆け抜けると目の前は神田川《かんだがわ》だった。さすがに立ち止まった。

「死ねやっ」

背中で乾いた音がした。足元でコンクリートが飛び散った。

「えええい」

ままよとばかりに路子は川に飛んだ。緑色の川面に顔が激突する。潜った。深く、深く潜るしかない。

　想像していたよりも川は澄んでいた。見上げると川面に銃弾が降っていた。威力を失いながらも、弾丸は落ちてくる。音は五発で消えた。路子は潜水したまま両国橋方面へと泳いだ。小魚とすれ違った。浄化は相当進んでいるようだ。

　ローファーは脱いだ。

　息継ぎをしようと、上昇した。もう銃弾は降ってこないはずだが、用心深く見上げながら上昇した。

　ざばっ、と川面が大きく泡立った。巨岩が投げ込まれたような波紋の広がり方だ。

「！」

　思わず、口を開け水を飲みそうになった。

　川面から巨大な顔が突っ込んできたのだ。清水だ。大型液晶画面で、どアップになったゴリラの顔のようだ。

　清水はナイフを握っていた。路子を認め、その眼が光る。

　くそっ。

　サメと戦う気分だ。

　路子のほうは息継ぎの限界だった。まずは一度、顔を出したい。猛然と上昇した。清水とクロスする。腕が伸びてきた。太腿のすれすれで躱す。靴下だけの爪先で、その額を押した。川の流れの運もあり、清水の身体は少し離れた。

川面に顔を出す。たっぷりと息を吸い込んだ。

角材が浮かんでいた。運の流れも自分にあると確信した。路子は角材を握り、再び潜水した。

やにわに、清水の顔が迫って来た。苦しそうな顔だ。息継ぎがしたいのだと思った。路子はその顔に角材を振った。

清水の顔が歪む。鼻から飛ぶ血がスローモーション映像のように川の中に散った。

ナイフも手から離れている。路子はすかさず抱きついた。金玉を握ってやる。ぎゅうぎゅうと握ってやる。

五秒ほどで、清水の口から、ブクブクと泡が上がる。一気にもがき始めた。川の水を飲んだのだ。いちど呼吸をしてしまうと、一気に水は流れ込む。口から鼻から容赦なく襲ってくるのだ。路子は手を離した。水中で盆踊りをしている清水をしり目に、両国橋方面に泳いだ。

しばらくして、浅草橋の船宿が見えてきた。屋形船が数隻停泊していた。桟橋《さんばし》に上がる。

濡れた総身を犬のように震わせた。水滴が飛び散る。

「あいつら、ぶっ殺してやる！」

3

「どアホ呆《あほ》が！」

玉井健は、野村の顔を鉄パイプで殴った。

「す、すんませんっ」

「女をコンクリートに埋めるはずが、清水を土左衛門にされるってどういうこった」

気持ちが昂《たかぶ》って自分でも止めようがなかった。床に蹲る野村雄太郎《ゆうたろう》の身体をめった打ちした。肩や腕の骨の折れる音がする。

一緒に攫いに行かせた残りの八人も壁に並べてある。フィリピンで傭兵《ようへい》としての訓練をさせていた連中だ。

六本木モアナビルの四階。この階はサウナだった。すでに閉鎖されているが、まだ本格的な解体は始まっていない。内装もそのままだった。だが、エアコンの類はまったく効いていない。電気すら止まっているのだ。

いまは簡易発電機で、ライトをいくつかつけてある。これからもう何台か運び込まなければなるまい。

玉井は密かに占有を始めていた。バブル期の地上げはまず占有から始めたものだ。ここに根城を作り、もう一度六本木を支配してやる。

もっとも憎むべきは、暴対法と暴排条例だ。

あんなものなど出来なければ、自分は、この町の帝王になれていたはずだ。

そして、俺がいれば六本木も半グレや外国人マフィアなどに食い荒らされなくともよかったはずだ。

そもそもヤクザが、外敵からこの国を守ってきた歴史が、この国にはあったはずではないか。

玉井は野村の腹を蹴った。

「くえっ」

野村が嘔吐《おうと》する。

今年で六十六になる。だが、まだまだ喧嘩には自信があった。

「あげくに、泰明会のフロントにも逃げ切られたそうじゃないか。おいっ、西田《にしだ》はっ」

西田には軍用トラックまで預けたのだ。もちろん米軍の払い下げのやつだ。派手な事故に見せかけて、目障《めざわ》りな女刑事と泰明会のフロントをやっちまうはずだった。

「西田は、逃げたロック・ホームズの事務所を襲いに行っています。浅草です」

「そのチンケな不動産屋、ビルごと爆破してしまえ」

「はいっ」

ひとりがスマホを取った。すぐに西田に電話している。なかなか出ないようだ。

玉井もスマホを取った。指が覚えている番号をタップする。相手はすぐに出た。

「予定より戦争を早くおっぱじめることにしました。これから泰明会に宣戦布告してやりますよ。ええ、それはいくらあんたの頼みでも無理だ。そっちの駆け引きなんて知ったことじゃない。俺はとっとと金を取り戻したいんだ」

相手の政治家が何か喚《わめ》いたが、答えず切った。

もう一本電話する場所がある。

これもすぐに相手が出た。

玉井は英語を使った。フィリピン訛《なま》りの英語だ。Fの発音がついついPになる。ファミリーはパァミリーでファンデーションはパンデーションだ。

「来週中に昔隠した金を回収する。換金を頼む」

相手が答える。

「わかった。横田《ベース》に運び込む」

それで電話を切った。旧札の日本円は、米軍輸送機で一度ニューヨークに運ばせる。そこで、現地の証券会社を経由して邦銀に持ち込むのだ。手数料は増えるが、経路は分かりにくい。

換金されたドル札を、再び米軍の輸送機で日本に持ち帰ってもらう。玉井が作り上げたマニラコネクションだ。その代わり退役した軍人の面倒も見ている。

そろそろ、六本木を中国マフィアやアフリカンマフィアから取り戻さねばならない。六本木は愚連隊系とアメリカンマフィアの縄張りだったはず。

玉井は、窓に近づいた。ディスカウントで有名な大型ショップが見える。歌舞伎町や渋谷にある店と変わらない外見だ。

あそこには『ジャックアンドベティ』があったはずだ。アメリカンスタイルのレストラン。二十四時間営業だったので、明け方にあの店で、よく悪だくみをしたものだ。

視線を右に運んだ。

戦後からずっとあったはずの『ハンバーガーイン』はどこに行った？

飯倉片町の交差点にあったレゲエバーはいつ消えた？

イライラしながら、視線を左に戻した。

スクエアビルはいまじゃビジネスホテルだ。泣きたい気分だぜ。あの華やかなバブルの宴《うたげ》はどこに消えたのだ。

二十二年後に帰って来てみると、六本木という町の個性がどこかに消え失せていた。あげくにビルの建て替えや改装が進んでいる。

昔、金を隠したビルが三個も消えていた。

ふざけんなっ。

玉井は鉄パイプで窓を叩いた。ガラスに蜘蛛《くも》の巣状の罅《ひび》が入る。町のすべてに罅が入って見えた。

十億近い金がネコババされたというわけだ。

玉井は、暮れなずむ六本木の街を見つめながら、首を振った。

落ち着け、まだ、三十億はある。

玉井は、アロハシャツの胸ポケットから葉巻を取り出した。マニラ産の葉巻だ。ハバナ産に比べて葉の質が落ちるという者もいるが、それは好みの問題だ。かのダグラス・マッカーサーもマニラ産を好んで喫っていた。玉井もこの苦い味を好んでいる。

煙を大きく吐いた。白い煙が入道雲のように広がっていく。玉手箱の煙のようにも思えた。紫煙《しえん》のなかに、喧嘩上等だった頃の、若き日の自分の映像がいくつも浮かんだ。

いい女、うまい酒、山と積まれた札束。喧嘩に勝てば何でも手に入る時代だった。

日本で成功した方程式をマニラに持ち込むと、ここでも成功を収めた。暴対法などないマニラでは、一般市民や地元実業家とも組みやすかった。かつてクラーク空軍基地やスービック海軍基地に勤務していた米軍将校や兵士たちもマニラには大勢いた。こいつらをうまく動かした。

マルコス政権崩壊後、米軍はいったんはフィリピンから撤退したものの、替わって南シナ海に姿を現した中国艦船に対処するため、スービック湾に再び展開している。おかげで、フィリピンでも玉井は米軍とうまくつるめるようになった。

「会長っ、たったいま西田が！」

スマホを手にした若手の声に、心地よい追想から現実に引き戻された。

「どうした？」

GIカットの手下に訊いた。

「この電話は、トラックの荷台にいた桜井《さくらい》からです。西田のトラックは田原町《たわらまち》で、衝突事故に巻き込まれて大爆発を起こし、西田は即死だそうです。桜井は飛び降りて助かったと」

手下が、早口でしゃべった。

そいつの頭上に鉄パイプを振り下ろした。

「すんませんっ」

ＧＩカットの頭頂部から血が噴き上がる。

「事故じゃなくて、そりゃカチコミだろうがよ。タコっ。それはどこのダンプだ」

「泰明建設の砂利トラに左から煽られた瞬間に、対向車線から新旺《しんおう》火薬とかいう会社の花火を積んだトラックが、車線を跨いで突っ込んできたそうです。それでドカンだったと」

噴き上げる血を、両手で押さえながら、ＧＩカットの手下は早口で言った。

玉井にはすぐに合点がいった。

泰明会と旺盛会が手を組んだということだ。

つまりは俺の帰国の魂胆《こんたん》がバレた。そういうことだ。

「おいっ、早いところ、八階の壁を壊せっ」

「はいっ」

十人ぐらいが、鶴嘴《つるはし》をもって八階へと上がっていった。

二十五年前、そこで玉井はカジノを模したクラブを、手下にやらせていたことがある。

女のいるクラブだ。

もっとも通常時間内は、女たちと遊ぶための小道具として使っていただけだ。ルーレットやバカラで客が勝ったら、女がパンティを脱ぐとか、そんな類のものだった。

案外受けた。この企画はいまでもありだと思う。

店のやっていない平日の昼に、玉井はヤクザの幹部たちを集めて、闇カジノを開いていた。その上がりや地上げ用の闇資金を、壁に穴を掘って隠しておいたのだ。

さっさとその金を取り出したい。

「もうひとつ、この地図にマルをつけたビルを、明日から一店ずつやるぞ。階数と現在の店名はきちんと書いてある。爆破したら、消防よりも先に飛び込め。間違えるんじゃないぞ。桜井にはすぐに戻れと言え」

桜井譲《ゆずる》は、マニラの傭兵スクールの教官だった男だ。父は日本人ホストで、母は米軍の女性砲兵隊員。GIベイビーには違いないが、よくあるパターンとは両親の性別が逆だ。

厚木《あつぎ》の米軍基地でシングルマザーの子として育った桜井は、母親の除隊後マニラに渡り、現地の傭兵スクールで学んだ。米国籍だ。

母親の才能を受けてロケット弾の腕前はすこぶる優秀で、五年前から専属狙撃手《そげきしゅ》として雇っている。マニラではジョーと呼ばれていた。

「分かりました」

手下が下がった。

これから一週間が勝負になる。だが、必ず六本木を制圧して見せる。昔のようにこの町を俺たちと米軍マフィアの手に戻すのだ。

玉井はもう一本電話を掛けることにした。

すぐに出た。

「最後の店の確認はすんだか？」

「ダディ。一日遅かったみたい。五丁目のジャズバー『スターライト』は、昔のままだったようだけれど一昨日で閉店したと、扉に張り紙がしてあったわ。あまりにタイミングが良すぎるから、管理会社を垂らし込んで防犯カメラの映像をプレビューさせてもらったら、あの黒須って女が映っていたわ。またあの女よ」

マリアが言っている。一九九〇年、黄金町のコロンビア人娼婦ルーシーとの間に出来た娘だ。ルーシーは現在、パナマで地下銀行を営んでいる。

「ちっ、あそこの天井には二億隠していた。まぁ大沢のジジイのこった、とっくに気が付いていただろうがな」

マリアにはあの女をやりそこなったことは言わないでおく。勝手に動かれても困るからだ。

「分かった。これでお前のミッションは終わりだ。報酬は振り込んでおく。ニューヨークでもどこでも好きなところで暮らしてくれ」

「サンキュー。あんたもお元気で」

マリアが電話を切った。もうこの声を聞くこともないだろう。

「厚労省の女を始末しろ」

玉井は、四階に残っていた手下たちにそう言うと、階段へと向かった。二十五年も寝かせていた福沢諭吉の顔を拝みたい。

4

「いやんっ。おっぱいばかり責めないで、下も舐めてよ」

山崎悦子は、股間を大きく開きながら腰を突き上げた。

「分かったわよ。尖ったところを舐めるといいんでしょう」

前園洋子が女の平べったい股座に舌を這わせてくる。そそけ立った肉芽に舌を這わせてきた。ゾクリとする快感が背中を駆け抜ける。

「あぁああ。もっとよ、もっともっと、ベロベロ舐めて」

すでに廃墟化しているこのサウナ室で、素っ裸にされたまま放置されすでに三日になる。湿った部屋に扇風機だけが回っていた。しかも携帯用の自家発電機の音がうるさい。

すべてはこの前園洋子とかかわったのが不運の始まりだった。

洋子とはベンチャー企業を育成するための懇親会で知り合ったのだ。席上、厚労省に影響力を持つ政治家から紹介されたので、忖度すべき相手だと思った。

補助金申請に何度か役所を訪れる洋子に、いつの間にか女同士の特殊な感情を覚えた。洋子もそれを感じたという。

お互いバイだった。男とも普通にやる。だけど女同士も一度はまるとやめられない。別物なのだ。

補助金の審査に関しては、直接の担当にはならないことにした。ただし、ホテルのベッドでクリトリスを舐められるたびに、プレゼンの仕方を教授し、内部情報を流したのは事実だ。

女同士の仲になってからホストクラブへも行くようになった。

実を言うとホストクラブにはレズの女が客として紛れていることが多いからだ。女が女を探す場合、ホストクラブは穴場なのだ。これはあまり知られていない。

ホストクラブの客は女ばかりだ。男はそこに気が付いていない。

麻布十番のアウトキャストに行くことになったのも、客のひとりにいけているハーフの女がいるという噂があったからだ。

ところがあの店は、半グレのキャッチ店だった。

それも借金漬けにするなどという悠長な罠ではなく、いきなり睡眠導入剤を仕込んでくるという荒業を使う店だったのだ。

悦子たちは、泥酔状態で拉致《らち》され、監禁部屋でさんざん凌辱《りょうじょく》された。

同じ部屋にいた子たちが言うには、いったんは彼らが経営するAV制作会社で女優にされ、それから上海や北京に売られるということだった。

中国では日本のAV嬢だというだけで、普通の娼婦の三倍にも四倍にも売れるのだそうだ。そのため女たちは、いったん映像出演させられ、女優としてのアリバイ工作をさせられるわけだ。

悦子は、五日目までは、素性を明かさずに頑張り続けたのだけれど、とうとうクスリが切れた時についに厚労省の者だと漏らしてしまった。

そうすれば、少しは待遇が変わると思ったのだ。官僚にはそうした特権階級的な意識がある。常にその立場に対して敬意を払われていたからだ。

脅しのつもりもあった。

官僚だと知れば、彼らが捜査の厳しさを恐れて、解放してくれるのではないかとも思ったからだ。

だが結果は裏目に出た。

彼らは、悦子が語学が堪能だと知ると、日本国内で、外国人VIP用の高級娼婦にすると言い出した。南米やロシアからやってくる覚醒剤の元売りや、クラブイベントに呼ぶ大物外国人DJの通訳兼セックス相手をしろというのだ。

かなりやばいが、正直、これですべて正当な言い訳が付くと一抹《いちまつ》の安堵《あんど》を覚えた。麻薬取引の潜入捜査という言い訳だ。

不倫相手が、関東信越厚生局の麻薬取締官《マトリ》だった。押収物の一部を横流ししているのも知っていた。悦子のマンションに隠していたのだ。

上層部から見れば、彼と自分を繋ぐ線はない。もっとも隠匿していただけで、自分が使ったことはない。

注射をされたのは今回が初めてだ。

半グレのボスを説き伏せて、悦子は厚労省に正式に辞表を出しに行った。もちろん彼らの監視の下でだ。

無断欠勤がこれ以上続けば捜索願いが出され、自宅を洗われる。何としてもそれを避けたかったからだ。

半グレのボスも捜索願いを出されるよりはましだと考えたようだった。厚労省に入った際に人事課の省内電話を使って、彼氏に連絡を取った。

情報提供者になることを申し出たのだ。省内ではその旨、辞職願が処理されたはずだ。

将来、検挙に繋がれば、復帰はあり得た。官僚としては裏街道を歩くことになるが、プライドは保てる。AV嬢にも娼婦にもならずに済む。

ところが、だ。

いざ、移送されようというときに、別な組織の襲撃にあった。

今度の連中は、さらに得体の知れない空気感を纏《まと》った男たちだった。厚労省の官僚だということも、前園洋子が成功したベンチャー企業の経営者であるということもすべて知っていた。

倍の量のシャブを打たれて、今朝、とうとう自宅の住所を吐いてしまったところだった。

おそらく、半グレと違う脅しをかけてくるつもりだろう。自分の存在を逆利用するのではないかと思う。

殺されはすまい。そう思っているが、クスリが切れるにしたがって、不安は募る。覚醒剤中毒者が正常でいられるのは、覚醒剤が効いている間だけなのだ。

切れ始めていた。切れると正常だった時の百倍恐怖感が強くなる。

「もっと、もっときつく舐めてよっ」

絶え間なく訪れる死への恐怖を、ひたすら性愛に耽《ふけ》ることによって、追いやろうとしていた。洋子も同じらしい。自分の陰核を捏《こ》ねくり回しながら、悦子の花や芽を舐めまわしてくる。

「いやぁあああん。もっと昇《い》かせてっ。指でズボズボしてっ」

洋子が人差し指と中指をまとめて放り込んできて、フルスピードで出し入れさせた。

「あぁあん、イクっ」

また絶頂が訪れてきていた。この瞬間だけが永遠に続いて欲しい。しばし身体をガクンガクンと何度も震わせていた時だった。

突然、サウナ室の扉が開いた。

GIカットの男が入ってきた。頭から額にかけてべっとり血が付着している。

注射器を持っていた。昼までは、人差し指ぐらいのサイズの注射器だったが、いまはペットボトルほどのサイズの大型注射器を手にしていた。まるで獣医が持つようなサイズだ。

「移動の時間だ。ふたりとも少し眠ってもらう」

先に悦子の腕が取られた。たったいま、絶頂を迎えたばかりなので意識は朦朧《もうろう》としていた。身体も弛緩《しかん》したままだ。

静脈に冷たい刺激が走った。気持ちがいい。いつもはシュッと一息で終わるのに、どくどくと入ってくる。

「次は、せめてエアコンぐらいは効いている部屋にして欲しいわ」

洋子の声がした。

「大丈夫だ。天国だから」

GIカットがそう言った瞬間に、心臓がきゅっと締め付けられた。

過剰摂取《オーバードース》。

その言葉が浮かんだ瞬間に、悦子はこと切れていた。

5

金曜の午後七時。

富沢は大井競馬場にいた。東京シティ競馬。トゥインクルレースだ。カクテル光線に照らされたダートコースを十六頭の馬が疾走していた。

レースはちょうど先頭馬がホームストレッチに差し掛かったところだ。残り約三百五十メートルで決着がつく。

競馬場には生まれて初めて来た。いかに公営ギャンブルとは言え、警察官僚は賭け事などするべきではない。

したがって富沢は、馬券は購入していなかった。英国紳士のようにハットを被り、双眼鏡を首からぶら下げてレースを観戦していた。

賭けをしに来たのではない。競馬を楽しみに来たのである。

「そのマトリの名は、矢田亮介《やだりようすけ》。妙な動きです」

背後から、沸き立つ声援に交じって情報屋の佐藤の声がした。

「妙な動きとは？」

富沢は、ホームストレッチを駆け抜ける馬を見ながら答えた。

馬券を買っておけばよかった。自分がイメージしていた馬が先頭を走っている。二番手も予想通りだ。月末にまたひとりで来てみようと思った。

「五年も不倫関係にあった山崎悦子が消えてから、彼女のマンションには全く近づいていません。探しもしていないんです。おかしくありませんか」

一着、二着は予想通りだった。三着目は外した。データがあれば当てられたかもしれない。帰りに競馬新聞を購入することにした。

「誰か別な人間に捜させているということではないのかね。私がこうしてきみに依頼しているように」

「そうだとすれば、民自党の佐田繁三郎氏ではないでしょうか。昨夜も、密会しています」

佐田さん？

振り返りたくなる願望を抑えた。

前園洋子から政治献金を受け取っていたはずだ。そして捜査二課ではなく、なぜか公安が目をつけている。佐田の父親は元厚生大臣。佐田自身も、厚労族として知られる議員だ。厚労省の職員と接触していてもおかしくはないが、マトリに何の用がある？

「捜査情報のヒアリングしかありえないでしょう」

佐藤の声が降ってきた。その線は濃厚だろう。

「政治的な圧力をかけていたとも考えられるな」

「おそらくそうだと思います。矢田は逮捕せずに見送った容疑者がたくさんいると、悦子に漏らしていたそうです。残念ながら、裏は取れていませんが」

「取りようがないな」

矢田を洗う必要はある。

だが、どうやってやる？　相手は同じ霞が関の役人で、しかも自分たちと同じ捜査官だ。根拠もなく聴取をかけることなど出来るはずがない。

一歩間違えば、遺恨を生む。

富沢はカクテル光線に映える全長千六百メートルの楕円形《だえんけい》のコースを眺めながら、思案した。

開かない扉をこじ開ける方法はないものか。

カクテル光線のまばゆい光の中に黒須路子の顔が浮かんだ。

『警察が手順を整えている間に、悪党は法の埒外《らちがい》へと逃げちゃうんですよ。だから、無茶な刑事がいないと収まらない』

彼女の口癖だ。警察官としてあるまじき発言だ。

だが、一理ある。

自分も徐々にはみ出しつつあった。

「もうひとつの件はどうなった？」

富沢は立ちあがりながら言った。自分もビールを飲みたくなったからだ。競馬場内にあるアメリカンカフェテリアに向かって歩き出す。

佐藤がついてきた。それとなく並んで歩く。

「刑事局長さんも佐田さんと繋がっているんですよ。それも三十年ほど前から。こちらは佐田番の政治記者からの情報ですから間違いないです」

「まさか……」

意外な繋がりに富沢は声を詰まらせた。

警察官僚が政治家と繋がっていてもなんら不思議ではないのだが、こと飯田に関して言えば、首を傾げたくなる。

飯田と言えば、捜査二課長時代、選挙違反に辣腕《らつわん》を振るっていたことで知られる人物で、警察庁内でも、政治家からはむしろ疎《うと》まれている存在というのが、定評だったからだ。

『警察官は、もっとも政治から離れた位置にいなければならない。特に二課はな』

飯田からは常々、そう聞かされていた。

「悪党ほど隠したいものから目を逸らせるように工作するものです。先輩、我々はそういう知能犯をたくさん見てきたじゃないですか」

佐藤が歩きながら言っている。

まさに。

「元国税Gメンの勘で言うと飯田さんみたいな清廉潔白《せいれんけっぱく》に見える人ほど、要注意ですよ。それとマトリというのも、警察官と同じで逮捕権を持った捜査員です。なにか接点があってもおかしくないでしょう」

富沢は右手を軽く上げて、カフェテリアのほうへと進んだ。了解したという意味だ。

佐藤は出口に向かった。

カフェで生ビールを頼み、もうひとレース見ようとスタンドへ戻ろうとした時、サイドポケットで刑事電話《ポリスモード》がバイブした。

組対四課《オフィス》から発信されている。

「富沢だ」

「湯浅《ゆあさ》です。課長、大変なことになっています」

組対四課の主任湯浅実《みのる》だ。新宿東署に長くいたマル暴畑の叩き上げで、現在は旺盛会の本部を担当している。

「山崎悦子の死体が上がりました」

「なんだと！」

「勝鬨橋の自宅マンション近くに倒れていたそうです。いや正確に言えば捨てられていました。警察病院で司法解剖に入りますが、一課の見立てではシャブの過剰摂取ということです」

何かが動き出した。

「捨てられていたというのは？」

「死体は硬直が進んでいて、自力で歩いて来たとは考えられないからです。現場周辺の防犯カメラにも山崎悦子が歩いている姿はありません」

そこで湯浅はいったん言葉を切り、声を潜めた。

「それで、ちょっとやばいことがあります」

「どうした？」

悪い予感がした。

「昨日、山崎悦子のマンションを黒須が訪れています。エントランスの防犯カメラに映っていました。コンシェルジュの供述では、一階下の空き部屋の内覧に来た客を装っていたようです。浅草の不動産屋が一緒でした。そして今日の午後に、その不動産屋の社名の入ったセダンが周辺をうろついています。黒須が聴取される可能性があります」

「まさか！」

富沢は声を張り上げた。

周囲の客たちの注目を浴びる。その中のひとりが「まさかが起こるのが競馬なんだってばっ」と笑いながら去って行った。

「自分も、まさかって思いますよ。黒須は跳ねっかえりだが、殺しをやるような人間じゃない。しかしですね、課長。その不動産屋のセダンに描かれていた社名っていうのが、ロック・ホームズっていうんです」

探偵の名前みたいだ。

「もしそうだとすれば、そいつは関東泰明会のフロント企業です。これちょっとおかしすぎませんか？　昔のヤクザがよく相手をハメるのにこの手をつかったんですが、黒須、誰かにハメられようとしているんじゃないですかね？」

「旺盛会か？」

「いいや、旺盛会の会長、張本《はりもと》は自分が見ている限り、関東泰明会と揉める気なんかないですよ。すくなくとも金田が会長をやっている限りは抗争ごとなど起こすわけがない。悪党のほうが信用出来ることがあるんです。これなんか、別のルート臭いですよ」

湯浅が言った。

悪党のほうが信用出来ることがある。

この言葉が耳に残った。

同時に先ほど佐藤が言った、清廉潔白に見える人ほど要注意、という言葉も、あらためて目の前に浮かび上がってくる。

息苦しいほどの胸騒ぎがしてきた。

富沢の脳裏で、釣り棹のリールがぐるぐると回った。横領や贈収賄の隠れ帳簿の示す数字の裏を発見した時の思いに似ている。

「湯浅君、すまないが、一課が黒須のことを訊きに来ても、煙《けむ》に巻いてくれないか。その間に私が直接、黒須を捜し出す」

「分かりました。ですが課長、これ、黒須に逮捕状《フダ》が下りるのは時間の問題じゃないですか？」

湯浅が冷静な口調で言っている。

そうなれば、発砲も可能だ。黒須が抵抗したと言えばいい。

急がないと黒須がやられるような気がする。死んでくれればいいと思っていた部下だが、卑怯な罠《わな》にかかって命を落として欲しくはない。

富沢は、指示を出した。

「湯浅君、一課からこの事案を横取りしてくれ。これは暴力団絡みの事案だ。組対が貰う」

「いいんですかっ。課長、もしも素人による殺人や、単純に発見が遅れただけの問題なら、課長の首が飛びますよ」

「かまわん。黒須を信じろっ」

何を言っているんだ自分は、と思った。

「うぉっす。いまから十人ほど連れて、帳場に割り込んでいきます」

湯浅の声が甲高く響いた。

富沢はすぐに垂石に電話した。垂石はすぐに出た。

「馬券は購入していないみたいだな？」

「そんなことを言っている状況じゃないことはすでに承知ではないのですか。近くにいるあなたの部下に言って私を公安車両で黒須のもとへ連れて行ってください」

一気にしゃべった。興奮していた。

「そのまま生ビール売り場へ進め。うちの者が後ろから声をかける。黒須のいる場所へ連れて行く」

富沢はカフェテリアへと急いだ。

6

「アクション」

玉井がインカムに向かってそう叫ぶと、三秒後に、闇夜にオレンジ色の炎が上がった。

すぐ目の前の古びたビルの五階の窓や壁が吹っ飛んでいた。

桜井が隣のビル屋上からロケット弾を撃ち込んだのだ。

六本木のど真ん中。教善寺《きょうぜんじ》のすぐ脇にあるビル。六階建てだ。

「ゴー」

屈強な男たちを引き連れて、玉井はビルの外の階段を駆け上がった。

全員戦闘服を着ている。

午前四時だ。六十六になっても、玉井の足腰はまだ機敏に動いた。マニラでトレーニングを欠かしていなかったからだ。

五階は半壊していた。

六階建ての五階の三割方が崩れていたので、ビル自体がシュールな形になっていた。六階がいつ崩落してきてもおかしくない。

手下は全員サブマシガンH＆K　MP7を持っている。ベルギー製の名銃だ。ヘルメットも被っていた。

二十五年前は、サパークラブだった店が、いまはインターネットカジノになっていた。辿り着くと様々な機器が散乱している。

「あんたらなんだ。ここは俺の店だ」

アフリカ系の男がコンクリートの破片を払いながら立ち上がってくる。テキーラやウォッカの酒瓶が何本も割れたようで、異様な匂いがした。瓦礫の下に他にふたりが倒れていた。立ち上がろうとしているので死んではいないようだ。

「営業が終わった後に、ぶち込んだんだ、まだ店にいたお前らに運がない」

玉井は、ためらわずに目の前の男に向けてH＆Kを乱射した。

「うわぁあああああ」

至近距離からの掃射《そうしゃ》だ。アフリカ系の男はまるで阿波《あわ》踊りを踊るように、両手を上げて踊った。撃ち終わるとばたりと倒れる。

瓦礫の中にいた仲間らしき男が、英語で喚いた。

「六本木でセネガルを敵に回すと、どんなことになるのか知っているのか」

拳銃を構えている。旧式のベレッタだ。それもコピー銃だ。

「悪いが構っている暇はねぇ。そんなチンケなピストルで俺らがやれると思ってんのか。逃げるんなら今のうちだ。黙ってそこで寝てるんなら撃たねぇよ」

玉井もフィリピン英語で答えた。

セネガル人が、追い詰められたように、トリガーを引いた。パンと乾いた音がする。玉井の胸に当たった。小粒な弾丸が戦闘服の防弾ベストに吸収される。下半身も防弾パンツに包まれている。真夏にはきついが、さらに湿度の高いマニラで訓練しているので、一時間程度なら穿いていられる。

編み上げブーツで、男の手を蹴り飛ばした。ベレッタが飛んで行く。

「だから構っていられないんだよ。お前は六階の下敷きになって死ねよ」

胸のあたりの煙を払うと、すぐに手下たちに命じた。

「天井を撃ち抜け」

「オー、ノー。本当に崩れ落ちてくるぞ」

セネガル人は絶叫した。

手下たちは、構わずサブマシンガンの火を吹かせた。轟音が鳴り響く。天井からコンクリートの破片が降ってきた、

「ゴーゴーゴー。大きな穴を開けちまえっ」

玉井は、唇を捲って、叫び続けた。

バリバリバリと円状に銃弾を撃ち込んでいくと、すぐにズボっと天井の一部が落ちてきた。

「わぁあああああ」

セネガル人が頭を抱えた。

と、そこに紙幣が降ってきた。ひらひらとではなくドスンと落下してきた。

「おっし。三億だ。放り込め」

二十五年ぶりに出会う福沢諭吉だった。手下がすぐに大型ボストンバッグに詰め込んだ。セネガル人はうつろな目で眺めている。

「香典だ」

日本語で言って、百万円の束を放り投げた。セネガル人は笑って、親指を立てた。

「戻るぞ」

玉井は外階段を駆け下りた。二階まで降りると、再びインカムに向かって、アクションと叫んだ。

すぐにズドンと音が鳴った。

「ぎゃぁあああ」

階上で野太い悲鳴があがった。

だから下敷きになって死ぬと言っただろう。胸底でそう呟き、一階に着地した。

「ユー・ファック」

オートバイに乗った黒い集団が急速に接近してきた。やはりサブマシンガンを肩から背負っている。セネガルマフィアたちだ。後列にはレンジローバーも見える。

危ないところだった。

だが自分たちの着地のほうが早かったということだ。

「ここはダカールじゃねぇ。六本木だ」

玉井が、トリガーを引くと、手下たちも一斉にぶっ放した。

派手に銃口炎《マズルフラッシュ》が瞬いた。

オートバイから黒い影が滑り落ち、あるじを失った二輪が横転していく。

「うわぁあああ」

叫喚《きようかん》が飛びかった。レンジローバーの助手席から銃口が覗いた。トンプソンM1のようだ。アルカポネの時代のサブマシンガンだ。

「おめぇら、クラシック銃の博物館でもやっているのかよ」

そう言って右手を上げ桜井に「撃てっ」と指示を出そうとした瞬間だった。

どかんっ。

レンジローバーが大爆発を起こした。ルーフにロケット弾が叩き込まれていた。

シャーシは木端微塵《こっぱみじん》に吹っ飛び、オレンジとイエローの炎が夜空に向かって高く舞い上がっている。

「桜井、おめぇ、フライングだろうがよ」

玉井は、火の粉を払いながら、ビルの屋上を向いて怒鳴った。

「すいませんっ。敵のサブマシンガンも至近距離に入っていたもので」

桜井のスキンヘッドが見えた。満月に見えなくもない。

「バーカ。この防弾スーツ、サブマシンガンにも通用するか試してみたかったのによ」

最新式の防弾衣類がどこまで通用するのか、多少は撃たれてみたかった。

教善寺の墓の前に停めてあったマイクロバスで引き上げる。わざと飯倉から首都高速に乗り、横浜に向かう。大黒《だいこく》パーキングエリアで、それぞれ普通車に乗り換えて、バラバラに六本木に戻ってくる仕組みだ。

十二時間後に、こっそりモアナビルに戻る。

灯台下暗しというものだ。

第六章　六本木《ろっぽんぎ》リバイバル

1

ＪＲ荻窪《おぎくぼ》駅に近い住宅地だった。

路子は路肩《ろかた》に停車中のエルグランドの助手席にいた。日曜の夕方だった。

ステアリングの前で、傍見が菓子パンを齧《かじ》っている。ヤクザとマスコミは警察に準じて張り込みのプロだ。食事をとりながらもきちんと視線は、目標の家の前に置かれている。

矢田亮介の自宅だ。

厚生労働省関東信越厚生局麻薬取締官。四十五歳。ノンキャリアだ。

矢田の自宅は、似たような家が五軒並ぶ中の真ん中だった。

十五坪前後。築十年と言ったところだが、付近の邸宅に対して、その一角だけがぎゅう詰めに建てられている感は否めない。

　元は百坪以上あった土地を分割して建売住宅にしたのだろう。かつての邸宅街も、相続税の払えない子孫が増えたために、こうした狭小住宅が増えているようだ。

「建売りとは言え、立地はいい。たっぷりローンを背負っているんだろうな」

　傍見が言った。菓子パンを食べ終えて、ペットボトルのミネラルウォーターを飲みながらだ。

「デフレ期に購入したとは言え、無理しているわね。おそらく勤務先が厚労省なのでローンは通ったんでしょうけど、役所の給料はたかが知れている」

　路子は風船ガムを膨らませた。

「そういうやつが、横領をやる」

　傍見が、もっと早くからこいつに目をつけておくんだった、という表情で言った。ヤクザの観点だ。

「横領が覚醒剤だったから発覚しなかったってことよ」

　矢田は、単独捜査で発見した覚醒剤犯の押収物から、常に一定量をネコババしていた。そのネコババしていたブツを不倫相手の山崎悦子の自宅に隠匿し、必要に応じて横流ししていたのだ。自身がマトリなので捜査の手をかいくぐる方法は知っていた。

矢田は、おもにセネガルマフィアに流していたのだ。

発覚しなかったのはそれだけではあるまい。さらに大物が嚙んでいるはずだ。

「しかし、あんたの上司もやるな。こんなすげぇ情報を摑んできやがった」

富沢のことだ。

「正直、素人《しろうと》のビギナーズラックって本当にあるんだと思った」

路子もため息をついた。昨夜、向島の金田の屋敷の門の前に、いきなり富沢がやってきて、ドアホンを押してきたのだ。

垂石から直前に連絡は貰っていたが、いきなり警視庁組織犯罪対策四課の課長が警察手帳を掲げてモニターに映ったので、むしろ金田のほうが腰を抜かした。

金田はいまも関東泰明会の会長邸にいる。すでに家族も呼んで、土日をあの屋敷で過ごすそうだ。

警察のリストにはないセイフハウスである。

一台の白のステーションワゴンが通り越して行った。メルセデスのCクラス。一世代前の型だ。矢田の家の前で停まる。半地下のガレージシャッターが上がった。リモコンで開くようだ。

「帰って来たみたいですね」

「あの男、つくづく見栄っ張りのようね」

狭くても杉並の一戸建て、中古でもメルセデス。どうしても自分をアッパーミドルの階級として位置付けたい人種だ。

「では、やりますか」

「頼むわ。私が攫うと、上の思う壺だから」

路子はまたフロントウインドーに向けて大きく風船ガムを膨らませた。昨夜、捜査一課から任意取り調べの呼び出しを受けていた。潜入捜査中につき月曜に出頭すると伝えてある。

この間に逮捕状を請求される可能性もある。時間がない。

「俺たちが攫うのは、通常業務っすから。おいっ、行ってこい」

傍見は後部座席の手下に命じた。手下のふたりはすでにフェースマスクを被っていた。アラビアのロレンス風だ。ひとりは上原だった。鼻は再整形して元に戻っている。

ハンチング帽をかぶった矢田が、キャディバッグを肩に担いでガレージから出てきた。そこにふたりが飛び出していく。ゴルフクラブをぶら下げている。ふたり共サンドウエッジだ。

矢田は面食らったようだ。目を丸くしている。

「なんだ、おまえらっ。リベンジなんかしたら、罪が倍になるだけだぞ」

かつて自分がパクった覚醒剤犯罪者だと勘違いしたようだ。素人犯罪者には刑期満了後に復讐を企てる者も多数いる。プロのヤクザはもちろんそんなことはしない。

「ゴルフの練習に付き合って欲しいだけですよ」

上原の先輩格が、エルグランドのほうを顎でしゃくった。スライドドアは開いたままだ。

「ふざけたことを言うんじゃない」

矢田は、さりげなくキャディバッグのファスナーを開けた。その瞬間に上原が、サンドウエッジを振るった。狙ったのは脛《すね》だ。加減はしている。筋は切らない程度だ。

「うあ……」

悲鳴を上げそうになった瞬間、先輩格が口に雑巾を突っ込んだ。声が熄《や》む。すぐにエルグランドへと運び込んだ。サイドウインドーは厚手のカーテンで閉め切られている。

傍見がアクセルを踏む。エルグランドは新宿に向けて走り出した。首都高速に上がったところで、上原が雑巾《ぞうきん》を取ってやった。

「あんたら、どこの人か分かんねぇが、本職だろう。だったら取引しようや」

矢田が呻くように言った。

「どんな取引だよ」

傍見がルームミラーを覗きながら答える。

「北朝鮮産《キタモノ》のシャブがある。最近はとんと入ってこなくなったが、俺は三キロ持っている。それを今回だけは無料《ただ》でやる。気にいったら次からは、バーゲン価格で卸すぜ。まずはそっちの素性を聞かせてくれないか」

路子は正面を向いたまま聞き耳を立てた。

「ほう。それはどこから手に入れた。北《キタ》のコナなんて、いまは生産がとまっているはずだ」

北朝鮮は現在はアメリカとの交渉のために、二年前から偽ドルと覚醒剤の生産は中断している。そのため、闇市場でも精製度の高い北朝鮮覚醒剤《ノースドラッグ》の価格は急上昇しているのだ。

「それは、そっちの出方しだいだ。どうせ俺をマトリと知って拉致したんだろう。本職なら、取引しない手はないだろう」

矢田は自信ありげな表情になった。マル暴と同じだ。悪党との交渉に慣れている。

「まぁ、そいつは、ゴルフのスイングでもしながら交渉しようじゃないか」

傍見は、再びアクセルを踏み込んだ。エルグランドは首都高を東に進んだ。

荒川の土手が見えるゴルフ練習場へと到着した。日が暮れていた。

『東京ヒットガーデン』。

ゴルフとは一言も書いていない。だがどう見てもゴルフ練習場だ。それも広大なレンジだ。

客は誰もいなかった。

「ヤクザは普通の練習場は使わせてもらえねぇんだ。だからここは、俺らが土地を買い上げて、自腹で作った」

傍見は足を引きずる矢田を練習場に連れ込んだ。

「へぇ。立派なレンジじゃないか。奥行きは二百ヤードもあるのかよ」

「打席も二階もあわせりゃ四十打席ある」

傍見が自慢げに言う。路子は後ろからついていった。ライトアップされているので、ところどころに盛ってあるグリーンが美しい。

「じゃぁ、おめぇはこっちだ」

傍見が、矢田の腕を掴んだまま、打席ではなくドライビングレンジの奥へと進んだ。

「こっち側まで見学させてくれるのかよ」

矢田がやや不安げに肩を震わせた。

「黙って歩けよ」

ドライビングレンジの中心に引っ立てていく。百八十ヤードの表示があるグリーンにあがった。緑の旗《ピン》が立っている。風は左から右に吹いていた。

ドライビングレンジの左右両サイドの扉が開いて、十人ほどの組員が一斉に出てきた。

「おいっ、何をするっ」

あっという間に矢田は縛り上げられた。旗が抜かれ、代わりに鉄パイプが挿し込まれた。

十字の柱だ。矢田はそこに括り付けられた。

組員のひとりが矢田の胸にピンマイクを差し込みさらに、イヤーモニターも取り付け終ると、こちらを向いて両手を掲げてマルを作った。

「なんだよ。取引するんじゃなかったのかよ」

矢田が喚いている声が路子のイヤモニまで届く。

「うるせぇんだよ」

傍見が打席に立った。もちろん傍見もイヤモニとピンマイクを付けている。

路子は後方の備え付けの椅子に腰を降ろした。イヤモニと連動しているＨＤＤレコーダーのスイッチを入れる。

傍見が傍にあったキャディバッグから、ピッチングウエッジを抜いた。

自動的に打席にボールが上がる。

「おめぇ、どっから北朝鮮産《ノースドラッグ》をパクった？　そんなものは、ヤクザでもマフィアでも扱っていねぇぞ」

フルスイングした。

「わぁあああああ」

矢田が絶叫する。

が、所詮はピッチングウエッジだ。ボールは百三十ヤードぐらいの位置に着地し、グリーンの縁まで転がって止まった。だが方向性はぴったり合っている。

「次は、七番アイアンだ。俺としてはぎりぎりの距離だ」

傍見は、素振りをした。ブンと風を切る音がする。

「六本木のフィリピンパブで押収した。米兵流れだそうだ」

「なんで米兵が？」

傍見が七番アイアンを抜いた。

「わぁあああ。やめろ、ちゃんと話すから、打つな」

傍見が素振りをした。先ほどよりもさらに大きな風の音がする。

「からくりはこうだ。マニラにいる日本人ヤクザグループが、北の諜報員を脅して大量のシャブを奪い取った。それをスービック湾に展開する米艦隊に闇で渡す。沖合でつるんでいる仲間に渡すのさ。そいつが横須賀《よこすか》に入り、日本の代理人が受け取る。だが、手数料代わりに現物を貰った水兵が、横須賀や横浜じゃぁバレやすいから、六本木で捌《さば》くって寸法さ。ノースドラッグは生産中止にはなっていない。今でも少量生産はされている」

「なぜ、そのフィリピン人たちを検挙しなかったの？」

路子が立ち上がった。ここから先は自分で訊く。

「末端なんて叩いたって、手柄にもならない。外事課《がいじ》が絡んできて、話が面倒臭くなるだけだ」

「たとえ、末端でもマトリなら、シャブが国内に流れる前に、阻止するべきでしょう」

「あんたは誰だ？」

「サクラ組の下っ端よ」

「だったら、分かるだろう。その店には有力政治家が絡んでいるんだ。タッチしないほうが得だ」

「それって佐田繁三郎？」

矢田は黙り込んだ。

すかさず、傍見がフルスイングした。

「ちっ、力んだ」

ボールは勢いよく飛んだが、左に大きく逸れた。矢田の横、三メートルのところを風を切って飛んで行く。

「そ、そうだ。佐田繁三郎だ。あの男は覚醒剤の密輸や六本木の再開発利権に絡んでいる」

「それを挙げたら大物逮捕になるじゃない」

「バカいえ。俺はノンキャリのペーペーだ。厚労省のキャリアにも顔の利く、大物政治家の手先になったほうが、断然有利だ」

「それで、自分の不倫相手が行方不明になっても、行方を捜そうともしなかったのね」

「佐田さんと警察の上のほうからの指示だった。下手に動くとスキャンダルになるから、じっとしていろと。政治的に解決するから待っていろと言われた。まさかシャブで死ぬなんて思っていなかった」

山崎悦子は、マスコミには不審死としか発表されていない。

矢田もまだ殺しだとは認識していないようだ。

「警察の上のほうっていうのは誰よ？」

「名前は知らない。本当だ。佐田さんとつるんでいる偉い人だ。いずれ総監か長官になる人だそうだ」

路子は、傍見に目配せした。傍見はキャディバッグからドライバーを引き抜いた。

「このところ、ドライバーの調子がよくないんだ」

口をへの字に曲げながら、素振りなしでいきなりボールを叩いた。空中に高くあがり、矢田の方向に飛んで行く。

「助けてくれぇ。飯田だ、刑事局長の飯田って男だっ」

ボールは矢田の手前で大きく右に逸れていった。スライスボールだ。腰が捻れていない、とアドバイスしようと思ったが、いま言うことでもないような気がした。

「飯田刑事局長と佐田はどうして繋がったの？」

路子が腕組みしながら訊く。レコーダーは回したままだ。傍見が、身体を左に向けてアドレスを取っている。そうじゃなくて、左足を前に出すとスライスの防止にはなるのだが、と路子は胸底で呟いたが、完全に話の腰を折るので止めた。路子はゴルフ好きだった祖父次郎の血を引いているらしく、めったにやらないが腕前には自信がある。レギュラーティーから打って、だいたいワンラウンド九十は切っている。

矢田はどう話していいか逡巡しているようだ。視線を空に向けている。

「まとまりがなくてもいいから、さっさと喋りなさいよ」

傍見が、ブン、とクラブを振った。

ボールは、矢田の遥か左方向に飛び出していく。矢田の目に安堵の色が広がった。

「!」

百ヤードを越えたあたりで、ボールは突如、右に旋回した。腰を回さず手だけで打つ者のくせ球だ。単純に下手くその球筋。

「うわぁあああああああ。やめてくれっ」

ボールは、矢田の立つグリーンの端に落ち、弾んで矢田の肩に当たった。それでも結構強い痛みがあるはずだ。

「さっさと喋ったほうがいいと思うけど」

路子はHDDレコーダーを椅子の上に置き、キャディバッグから五番アイアンを取った。

傍見の隣の打席に立つ。

ボールが自動的にティーアップされた。スカートスーツのままアドレスを取り、フルスイングした。百八十ヤードのショートはいつも五番と決めている。

スコーンと低い弾道が出た。しまった。トップ気味だ。ランではなく、直撃する。かといって、ここでファーと叫ぶのもどうかと思う。これは拷問なのだ。

「ぐふっ、うえぇ」

矢田のどてっ腹に当たった。胃か腸だ。死ぬか？

「十年前、飯田の息子がシャブに手を出した。当時二十歳で大学生だ。俺が挙げたクラブの常連で、ヤリコンサークルの幹部でもあった。だが、佐田を通じて俺に待ったがかかった。それ以来、佐田は飯田から捜査情報を仕入れている。フィリピンの組織と通じているのさ」

「それ本当だったのね」

路子はぶっきらぼうに言った。山崎悦子のノートパソコンを解析した結果、多くの政治家や官僚関係者の薬物疑惑が記録されていた。

矢田が寝物語で語ったことをあの女はすべて記録していた。いずれ結婚を迫るために、準備していたのだ。その中に飯田久雄の息子の名前もあった。現在は大手広告代理店に勤務している。

「そのフィリピンの組織は？」

いよいよ玉井と繋がってくるようだ。

「あぁ、マニラを拠点にしている日本人ヤクザさ。昔は六本木が根城だったらしい。マニラやシンガポール、マレーシアで地上げやオレオレ詐欺もしている。最近は、傭兵部隊までつくって退役米兵の再就職の斡旋なんかもしている」

「佐田との関係は？」

「六本木の再開発利権だ。佐田は、大手デベロッパーと組んでいる。地上げに協力することで巨大な報酬を受けるはずだ。だが六本木の老朽化したビルは地権者や所有者が複雑で、なかなかまとまらない。最近じゃ外国人所有者も多い」

「それで、旧六本木刃風会と組んだ？」

「そういうことだ。佐田と玉井健は、二十五年前からの腐れ縁だ。玉井のコネで裏金を洗浄していた。マニラのカジノに行っては勝つ仕組みで、大金を持って帰ってきたわけさ。外為法《がいためほう》の違反にならないようにきちんと申告してな」

路子は頷いた。

「山崎悦子は、その連中に殺されたのよ。どうしてか分かる？」

確定ではないが、推定を告げた。矢田の表情が歪んだ。

「そんなバカな。半グレから取り戻してくれたんだ。その連絡も受けている。彼らのアジトに匿っていると」

「いいえ、いずれあなたとの関係がこじれた場合に備えて、処分したのよ」

「だったら前園洋子さんは？　あの人はどうなったんだ」

矢田は、喚きたてた。山崎悦子の死については、まだ知らないようだ。

「前園洋子は、そもそも佐田の愛人だったのよ。佐田はそれで、さりげなく山崎悦子に紹介した。直ちに山崎が直接便宜を図らずとも、何らかの形で影響力を行使してくれればいいと思ったんでしょうね」

矢田が頷いた。その辺の事情ぐらいは聞かされていたのだろう。路子はつづけた。

「だけど、ふたりが女同士の関係になることまでは、読めなかったみたいね」

「何だって。悦子と前園洋子がレズだって？」

この男も知らなかったらしい。男は、意外と鈍感だ。

「女同士が内緒話をするのには、ホストクラブは都合がよかったのね。それも出来るだけ頭の悪そうなホストがいそうな店ほどね。風俗嬢やキャバ嬢ばかり来るような店のほうが、自分たちの身元も想像しにくい。そう考えたんだと思うわ。バイセクシュアルであることをカモフラージュするにもホストクラブは最適だったのよ」

「それで、東横連合の触覚店だと気付かずに、アウトキャストなんて店に行ってしまったんだ……」

矢田が、うなだれた。

「そういうことね。でもあなた以上に焦ったのは佐田繁三郎でしょう。半グレが単純に熟女娼婦に仕立てようと攫ったのが、いまをときめく新興化粧品会社の創業者で、もうひとりが厚労省の女性官僚だと知ったら、佐田繁三郎にたどり着くのは時間の問題。あなたの存在だって東横連合に筒抜けになるはずよね」

路子は風船ガムを口に放り込んだ。

大昔の刑事は、一息つくのに煙草を喫っていたようだが路子は風船ガムだ。煙を吐くようにバブルを膨らませると、思考が巡る。

話を続けた。

「それで佐田繁三郎は、前園洋子と山崎悦子を、旧六本木刃風会の連中に奪還させたということね」

「その通りだ。前園洋子も、すでに口封じのために殺されたんだろうな」

「そっちの死体はまだ上がっていないわ」

前園洋子の死体が上がっていない。彼女のほうは生きている可能性が高い。その仮説はこれから裏付ける。

「くっ」

矢田が唇を噛んだ。

「あんたも、いずれやられるわ。不倫相手に捜査情報をべらべら喋るマトリなんて誰も信用しないから」

「うっ」

矢田が絶句した。

「最後の質問よ。玉井健のアジトはどこ？」

「ろ、六本木モアナビルのはずだ。佐田が案外気付かれないと言っていた」

矢田が吐いた。

打席にぞろぞろと組員たちが入ってきた。ダボシャツのあちこちから刺青が覗いている。二階席も埋まっている。

「そう。分かったわ」

路子はレコーダーのスイッチを切った。

「俺はどうなるんだ？」

「不倫相手が殺されたのよ。あなたも、覚悟して」

全打席を埋めた組員たちが、クラブを振った。二十個のゴルフボールが一斉に飛び出していく。

「うぎゃっあぁあ」

矢田の泣き叫ぶ声が聞こえた。

「殺さないでね」

傍見に念を押しておく。

「へい。あっしらは、プロですのでその辺のことは承知しています」

傍見は、そう言うとドライバーをフルスイングした。腰をビシッと回転させている。ボールはほれぼれするほど、まっすぐに飛んで行く。

矢田の頭上を遥かに飛び越え、フルバックのネットに突き刺さった。キャリーで二百ヤード飛ばせるということだ。凄い腕前ではないか。

「堅気《かたぎ》との賭けゴルフでは、最初、いかに下手に見せるかが肝心で」

「騙されたわ」

「へい、それが、あっしらの仕事ですので。他にもいろいろネタを持っている可能性があります。じっくり吐かせますよ」

矢田が子供のように泣きじゃくる姿を、しばらく眺めながら、悪党どもを一気に叩き潰す手順に思いを巡らせた。

ロック・ホームズの技術と泰明建設の道具をフル活用させてもらおう。

2

日曜の夜八時だ。

六本木六丁目のオフィスビルに忍び込んだ。さくら坂《ざか》に面している最新のインテリジェントビルだ。

ビルの鍵は、ロック・ホームズの田中に開けさせた。セキュリティ会社への通報装置も事前に解除させてある。

エレベーターを使わず階段で上がった。五階だ。このフロアすべてが株式会社ジュリーズになっている。社名の入ったアクリル製の扉があった。薄明かりが洩れている。

「おばさん、奥にいるみたいですね」

上原が言う。このビルを昨夜からずっと張らせていた。前園洋子がビルに入ったのは一時間前だ。第一の裏が取れた瞬間だった。

「そうみたいね」

ビルそのもののセキュリティを信頼しきっているのか、正面の扉は開いていた。半円形の受付カウンターがあり、その背後のショーケースにヒット商品である『モナリザの涙』

のボトルが三十個ほど並んでいた。

足音を忍ばせて、灯りがこぼれる部屋のほうへと向かう。

社長室のようだ。

三センチをほど扉が開いている。上原の背中を叩いて覗かせた。

上原が親指を立てた。本人ということだ。路子は腰に下げた特殊警棒を引き抜き、一振りした。伸縮式だ。スパンという音と共に長尺になる。

一気に扉を開けた。

「前園洋子ね」

エメラルドグリーンのワンピース姿で執務机に座りデスクトップ型のパソコンを眺めていた洋子が顔を上げた。四十歳の美貌が歪《ゆが》む。

洋子の背後は窓だ。その窓にデスクトップの画面が見えた。フィリピン航空の予約フォーマットが出ている。

「海外に逃亡なんて考えないほうがいいわよ。その間、時効が停止されるだけだから。捕まった時がおばあちゃんでも、刑は免れないわ」

「何を言うの」

洋子が立ち上がった。壁についているセキュリティボタンを押した。

「すぐに警備員が来るわよ。あなたたち不法侵入だわ」

「じゃぁ、警備員がいらっしゃるまで、尋問させてもらうわ」

路子は上原に目配せした。

「うぉっす」

上原が洋子に飛びついた。足をかけてデスクの脇に引き倒す。そのまま柔道で言う袈裟固めの体勢になった。

「何をするの！」

叫ぶ洋子の唇を己の唇で塞ぎ、たちまち洋子のスカートを捲り上げた。むっちりしたヒップを覆うシャンパンピンクのパンティが露《あらわ》になった。

さすが、強姦《ツッコミ》のプロだけある。ホストからヤクザに転職しても十分やっていけそうだ。キスをしながら、パンティクロッチを脇に追いやる。

「んんんんんんんんんっ」

洋子は声にならない叫び声を上げ、下肢を暴れさせた。女の具肉が爆《は》ぜた。路子は顔を顰《しか》めた。自分はまったくその気がない。上原はワイパーのように指を動かして、花びらを押し広げている。いきなり唇を離して吠えた。

「おばさんっ、マメ、でっけぇ。女同士でここばっか弄《いじく》り合っていたんだろう」

見ると確かに大きい。それを上原が無造作に親指で潰した。ぐちゅっ。

「いやぁぁぁぁああああ」

今度は洋子の絶叫がはっきり聞こえた。上原は再びキスをした。指を芋虫のように這わせて、渦巻く女の中心部のあちこちを弄り回し始めた。

しばし任せようと思う。

「突っ込んでもいいからね」

上原の背中にそう言い、自分は洋子のデスクに座った。真横でもみ合う男女の音を聞きながら、自分は、開いた状態になっているパソコンを点検する。

メールを開いた。誰もいないオフィスとみて安心していたのだろう。ロックはすべて解除されていた。

佐田繁三郎とのやり取りは頻繁《ひんぱん》だった。第二の裏が取れた。様々な取引の指示があった。

続いて帳簿も開いた。

「あら、ここがいろんなお金の中継基地になっていたみたいね」

例えばこうだ。土地開発会社が、時たま『モナリザの涙』を大量に購入しているのだ。

帳簿を見れば分かることだが。おそらく実際に品物は動いていない。

その金の一部から洋子は佐田に個人献金をしている。よくある手だ。迂回献金だ。だがその額はたかが知れていた。

これ自体が偽装工作なのだ。多少の献金だけをして、そのことだけに注目を集めさせる。

「いやぁ、これ中継基地じゃないわ。地下銀行だわ」

路子は凝然《ぎようぜん》となった。

金はマニラ、シンガポール、それにドバイやマカオにも飛んでいる。数百万から二千万円程度だが、かなり長期間にわたって、なんども飛んでいる。

「洋子さん、これなんのお金かしら？」

路子は机の脇に視線を移した。

上原はすでに、挿入していた。ずっぽり挿し込んでいる。出没運動がやたらと速い。

「あっ、いいっ、こんなの初めて」

「ジジイや東横連合の系列の男優とは、腕が違うんだよ、俺は」

ふたりの会話に、路子は淫気を覚えた。

「素直にしゃべってくれたら、殺人の共謀罪は消してあげるわ。罪は、外為法違反のみ。ベンチャー企業の社長としては、ままあることよね。勲章みたいなものよ」

そそのかした。事実上の司法取引だった。経済犯には使える。

洋子は目を瞑《つむ》った。思案しているようだ。

上原が、ぴたりと尻の動きを止めた。

洋子が濡れた唇を開いた。

「それは、中国の工作機関への資金提供です。六本木の土地やビルを持っている中国系をどかすために、佐田が考え付いたことよ」

吐き気がした。

あの男は、私腹を肥やすためなら、米軍でも出戻りヤクザでも中国諜報機関でも何でも使う男なのだ。

公安が出てきた意味がようやく分かった。

「セックスを最後までして欲しかったら、佐田に電話して」

洋子の机にあったスマホを渡す。

「あっ、はい」

「妙なことしたら、真っ裸で、窓から吊るすわよ」

「それはいやです。言われたとおりに伝えます」

「佐田にこう言うのよ。『玉井が今夜中に金を持って逃げる。三時間以内に取り戻さないと逃亡されてしまう』と」

3

六本木五丁目。モアナビルの前。湿気が強かった。

路子は真向かいの巨大ディスカウントショップの前から、工事用のフェンスで覆われたそのビルを眺めていた。

八階建て。三階あたりまで、すっぽり覆われている。その上は見えた。

かつての六本木のランドマークと謳われたビルだ。

日曜日の夜とあって、六本木も平日の夜のような賑わいはない。

量販店の屋上に泰明建設の組員五人が待機していた。空中班だ。

地上班は、飯倉片町交差点付近に待機している。大型トレーラーとホロ付きトラックだ。

佐田が現れた。スーツ姿ではない。警備員の制服を着ている。一緒に飯田もいた。同じ格好だ。

与党の大物政治家と警察庁刑事局長が、ハロウィンでもないのに仮装してやってくるとは、滑稽極まりない。

「いま、囲いの中に入ったわ」

腕時計を口元に運んで言う。高性能マイクが仕込まれている。

「了解しました。地上班二台、モアナの前に進みます」

傍見の声が耳殻の奥に差し込んだイヤホンに響く。

「いつでも飛ばせます」

屋上にいる組員の声がする。

「じゃぁ、私、突っ込みます。後方支援をよろしく」

路子は通りを渡った。黒革のトートバッグをぶら下げていた。

アフリカ系の男たちがモアナビルの前で、道行く女たちをナンパしている。なんと声をかけられたのか、中国語の女がアフリカ系に罵声《ばせい》を浴びせている。

「淫蕩《すけべ》！」

そこにやってきた日本人女性ふたりが、エッチねぇ。でもそんなに大きいの？　と言って立ち止まる。

「ズッコン、ズッコンしてやるよ」

「やだぁ」

そんな声を聞きながら、城壁のような囲いの隅にあるアルミ製のドアを開けた。目の前にかつては道路に面していた階段が広がる。

学生時代は何度かこの階段の上でナンパされたことがある。

階段の真横には外苑東通りを見下ろせる透明ガラスのエレベーターがあったが、すでに稼働《かどう》していないのは明らかだ。

階段の隅を上りながら、腕で額の汗を拭った。黒のTシャツとブラックジーンズに着替えてきたものの、湿気と緊張で汗がどんどん溢れ出てくる。

正面はもちろん閉まっている。脇の通用門に進んだ。佐田と飯田もここから入ったようだ。ノブを回してみる。すでにロックされている。

路子はトートバッグの中から、サクラＪ３６０を引き抜いた。久しぶりに警視庁の制式拳銃を握る。サプレッサーを装着した。

ドアノブを射撃した。

カチャッと乾いた音だけがして、硝煙があがる。閃光も銃声もなく、ただ炸薬の匂いだけが上がるので、すかしっ屁をしたようであまりいい気分ではない。

続けざまに三発撃ち込むと、ノブが落ちてきた。ロックバーも吹っ飛んでいる。拳銃を握ったまま中に入った。

コンクリートの饐《す》えた匂いが鼻腔をつく。ほの暗い。外から差し込む街灯の光が微かに室内の様子を映し出している。

内側にもエレベーターがあるのが見えるが、電源を失っているのだから稼働しているわけがない。路子は内階段を上がった。かつてこのビルが繁栄していた頃、何度か訪れたことがあるが、階段を上るのは初めてだ。さらに汗だくになった。

二階、三階を過ぎると、その上の階からざわめきが聞こえた。

四階だ。

踊り場まで上がり、トートバッグからコンクリートマイクを取り出した。医者が使う聴診器に似ている。マイク部分を四階の防災扉に取り付けた。イヤホンの入っていない左耳で聞く。声が聞こえてくる。

「玉井、金はどうした?」

佐田の声だ。役者が揃っている。

「ここにあるぜ。二十億は回収した。あと六億ほど見込んでいる。ニューヨークでロンダリングしたら、三割は減るがそれでも買収資金は相当出来る。というか正式に買収する必要なんかないんだ。俺らが昔みたいにどんどん占有して、ビルなんて壊してしまえばいい。地権者とも話し合う必要なんかないさ。殺しちまえばいいんだ」

あれが玉井の声か？　凶暴な性格が声にも表れている。

「玉井さん、ちょっとやりすぎだ。この二日だけで、五件ものビルが小爆発を起こしている。警察内を押さえるのはもう限界だ。バブルの時代じゃないんだ。もっと頭のいいやり方で、土地を奪ったらどうだ」

刑事局長、飯田久雄の声だろう。国会答弁でしか聞いたことのない声だが、間違いなさそうだ。

「小爆発ぐらいでがたつかないで欲しいな。本来ならビルごとぶっ飛ばしたいところを、遠慮しているんだ」

「バカを言うな。総監は、治安維持のために六本木全域への機動隊出動を検討しているんだぞ」

飯田が捲《まく》し立てている。

「こっちも取り壊しが決まる前に、回収してしまわねぇと、金の動かしようがなくなっちまうんだよ。三十億の金を塩漬けにしてしまえるかよ」

「だから、玉井さんの店が特定したら、私が捜査を入れるなり、あるいは地上げの絵を描くなりして、隠密裏に抜き取る方法を考えると言ったじゃないか」

飯田はそんな絵を描いていたのか。

路子は嘆息した。たしかに、この手は闇処理するしかないわけだ。長官も、うまくこの事案と自分を引き合わせたことになる。山崎悦子の失踪段階で、長官と公安は「しめた！　黒須を使える」と思ったに違いない。まんまと乗せられた。

「それよりもなぁ、飯田さん、財務省にいるあんたの友達に頼んで、新札の見本を五枚ほどかっぱらって来てもらえないかい。あんたなら出来るだろう。偽造防止のために、検証しておきたいとか何とか言ってよ」

玉井が言っている。

「新札の見本など、いくら私でも持ち出すことは出来んよ。せいぜい国立印刷局へ見学に行けるぐらいだ。門外不出に決まっている」

「しょうがねぇ。じゃぁ、出回っている見本で偽造するか。渋沢栄一の一万円札をな」

「玉井さん、いい加減にしてくれっ。流通するのはまだまだ先だぞ！」

飯田が声を荒らげている。

「流通した瞬間に、世界中の詐欺師に流すのさ。アジアや南米、アフリカなどでは、円はドルとユーロと同様にダイレクトに使える店もたくさんあるからな。流通した最初の三日ぐらいは、面白がってみんな受け取るはずだ」

この男は、とんでもないことをしようとしている。

玉井は酔ったようにしゃべり続けた。

「喜んで受けるマイナー銀行だって結構ある。どこの国の詐欺師も新札導入時期は恰好のネタと考えるからな。俺のネットワークでは、すでに事前両替予約を受け付けている。ドルとユーロのみとの両替だ。なぁ、ふたりとも俺が建てるルソン島の印刷工場に投資しないか。瞬間風速だけがたよりだが、こいつはひとり十億ぐらいの分け前になるぜ」

キャッシュレスの時代と言われて久しいが、いまだ偽札の需要がそれだけあるということだ。

佐田が咳払いして、切り出した。

「偽札工場への投資なんて、ばかばかしすぎる。それよりも、ここで、旧札でかまわないから、二十億ほどこっちに回してもらえないかね」

「なんだって？」

玉井が眉を吊り上げた。

飯田が突然、声の調子を変えた。

「渡さないと、ここに警察を突っ込ませるぞ。機動隊がきたらお前らハチの巣だ」

「汚ねぇ。やっぱ堅気は最後には、自分らの身の安全をはかりやがる。おいっ、こいつらをやっちまえ」

玉井が叫ぶ。部下たちの足音が聞こえる。

そこにいきなり爆音がした。四階の窓が割れる音がする。

なんだ？

路子は、防火扉のノブを引いた。開く。

「窓の外を見ろっ」

佐田が叫んだ。

路子は壁に背をつけて、中に入り込んだ。サウナの休憩室だった階のようだ。朽ちかけたリクライニングチェアがまだずらりと並んいる。プロレスラーのような男たちも並んでいた。路子の乳首を摘まんだ野村の顔も見える。

「玉井、観念して金をここに出せ。そしたら命はとらない。とっととマニラに帰れ」

佐田が窓を指さして言っている。

路子の位置からは窓が見えない。腕時計を口に当てた。

「空中班の位置から、四階の窓が見えるかしら」

カリッと電波の切り替わる音がして、野太い声が返ってきた。

「屋上からゴンドラに乗った男が三人降りてきています」

「敵、味方？　まさかいきなりＳＡＴの登場じゃないわよね」

それは想定外だ。

「背広にマシンガン。正体不明ですね。三人とも銃口は玉井に向けています」

「挙手《ジュショ》！」

いきなり中国語で喚く声が聞こえた。手を挙げろと言う意味のようだ。

佐田が笑う。

「俺たちだって、バカじゃないんだ。ヤクザと交渉するのに、丸腰で来ると思ったのかよ」

「ちっ、赤の工作員を引き連れてくるなんて、サイテーの政治家と警察だぜ。公安がマークする相手だろうがよ」

玉井が両手を挙げながら言っている。仲間割れが始まっている。

「あいにく、私は公安部が嫌いでね。私のことまで洗おうとしている」

飯田が低い声で言っている。

「おいっ、金を持って来い」

玉井が部下に言った。敬礼して、野村が数人を引き連れて動いた。じきにジュラルミンケースを三個ほど運んでいた。

「こんな旧札、まとめて動かしたら足が付くだけだぜ。それにてめぇらは、ヤクザから金を横取りしたんだ。この先、一生つけ狙われると思えよ」

玉井が不機嫌そうに顔を歪めた。

確かに銀行に持ち込めば新札に変えられるが、二十億では通報されるだろう。五万円ずつ替えていたのでは、気が遠くなるほど日数がかかるだろう。

「上海の富裕層に、中国銀行に持ち込ませる。そこから日銀に回すのさ。中央銀行同士の取引なら、二十億なんてちょろいもんよ」

佐田が笑い返した。

米国と中国。いま日本はそのど真ん中で、股裂きに遭おうとしている。その縮図が暗黒街にも及んでいるということだ。

「空中班、予定より五分早いけれど、ゴー」

路子は腕時計に囁いた。

「合点です」

返事と同時に真向かいのビルから、バリバリバリとマシンガンを発射するような音が接近してきた。

「那是什痳（あれはなんだ）？」

中国語が聞こえた。

「無人直升機（ドローン）」

「Shittn'guy（くそったれ）」

英語も交じった。香港系か？

二機飛んできたはずである。

ドローンのほうに向かってマシンガンの音がした。轟音が鳴る。窓の外がオレンジ色に光った。

空中でドローンが爆発したのだ。

ドローンにはM３１４照明弾を搭載している。

夜空に閃光が走ったはずだ。六十万カンデラ。約七十秒光る。本来は１０５ミリ榴弾砲から発射する弾だが、リモコンで爆発させる仕掛けにしていた。

ディスカウントショップの屋上にいる組員が、信管をコントロールするリモコンを押す前に、マシンガンで打ち砕かれたので、外苑東通りの真上で光ってしまったようだ。

勘違いした通行人が拍手を送っている。

「玉井、やはり、おまえは自分だけ逃げようとしていやがったな」

佐田が、中国人工作員に、撃て、撃てっと叫んでいる。

「うわっ」

叫んだのは中国人工作員の方だった。

それよりも早く、工作員を乗せたゴンドラのワイヤーが切れた。ドローンはぞくぞくと飛んできているのだ。

路子は居並ぶプロレスラー男たちの背中に、ゆっくりと接近した。

後続ドローンが、三階まで伸びているフェンスを越えるや、機体から伸びた機銃を掃射したようだ。四本中二本切れたワイヤーが、風に揺れている。

路上の見物人には、ＵＦＯの攻撃にでも見えることだろう。

「地上班、カモフラージュ

路子はふたたび腕時計に伝える。

「へい、うちの傘下のＡＶ制作会社のクルーが、いまトレーラーから降りて、カメラやライトを掲げています。警備員が大勢出ていますので。でも警察はまじ大丈夫なんでしょうね」

「二十分はごまかせるわ」

路子はあっさり言った。

撮影隊には道路使用許可証を持たせてある。警視庁の発行だ。許可証自体は本物なので所轄署の地域課や交通課は、一瞬騙せるはずだ。富沢が、組対三課を経由して手配した。刑事局長が特別出演すると仄めかしてもある。

内容は真っ赤な嘘だ。大東《だいとう》映画の警察アクション映画の撮影ということになっている。

その虚偽が完全に露呈するまで、最低二十分はかかるだろう。それが役所というものだ。

その間が、路子に与えられたショータイムだ。サクラJ360に銃弾を補充した。トートバッグの中身も確認する。

4

振り返ったのは野村だった。

「黒須っ」

飛び掛かってこようとする。

「よくも、私の乳首摘まんでくれたわね」

路子はいきなり発砲した。野村の脛《すね》にだ。二発撃ちこむ。ずっと頭にきていた。

「うわっ」

野村はがっくりと前に倒れた。まさか発砲されるとは思っていなかったようだ。プロレスラー男たちの一角が崩れた。

拳銃を向けてそのまま躍り込む。

「おまえが黒須路子かっ」

佐田が目を剝いた。

「腐った政治家ね。ここで爆死してもらうわ」

「なんだと」

その時、床が揺れた。階下から轟音が鳴り響いてくる。

地上班、早っ。

床が盛り上がった。竜巻のような爆風が巻き上がる。数台のリクライニングチェアが天井まで吹っ飛んだ。札束も舞いあがる。狂乱という言葉を具体化したような光景だ。

「うわぁあああああ」

佐田が叫喚した。他の男たちも、右往左往《うおうさおう》し始める。傍見たちが、三階を爆破し始めたのだ。

「このビル、解体してあげる」

路子は、トートバッグの中から、手榴弾を取り出した。四個だ、プルを抜いて四方に投げつける。

「お前、何を言っているのか分かっているのかっ」

飯田がスマホを抱えて、窓際へと逃げている。宙ぶらりんになっているワイヤーを摑んでいる。

「山崎悦子殺人容疑で、明日逮捕状を請求するつもりでいたが、その手間が省けた。建造物侵入罪の容疑で、現行犯逮捕する」

飯田がスマホを取り出した。警備員の恰好が実に似合わない。路子は再び発砲した。スマホが砕け散る。

「うわあぁあああっ」

飯田は慌てて、ワイヤーを摑んで窓枠を乗り越えた。

路子はワイヤーに向かって発砲した。二発で切れた。

「あぁあああ」

飯田が四階から落下していく。三階から下はフェンスに覆われている。闇処理にはうってつけだった。飯田もまさか警備員の服装で死ぬとは思っていなかったことだろう。

四階の四方でも手榴弾が爆発しだした。

壁と床が崩れ出す。

佐田が階段へと逃げた。玉井とプロレスラー男たちも、駆け出していく。階下からは爆発音が響いている。やつらは上に行くしかない。

野村だけが、動けずにもがいている。

「た、助けてくれ」

大男が目から涙をぼろぼろ溢《こぼ》している。

「駄目よ。私のおっぱいとか、アソコ見たでしょう。その記憶のある男は生かしておけないわ」

そう言って睾丸を思い切り踏みつけた。力いっぱい踏んだ。

本当に、本当に、心の底から頭にきていたのだ。乳首だけならまだしもこの男は割れ目まで触ったのだ。内臓が飛び出すまで踏んでいたかった。

「死んじゃいなよ！」

「うぎゃぁあああ」

野村が口から泡を吹いた。

その時さらなる爆音がして、四階が斜めに揺れた。

「ほんと、あなた、死んじゃいなさいよっ」

路子は踵を返した。四階の踊り場へと向かう。

大音声《だいおんじょう》がして、爆風が背中を襲った。傍見が、ダイナマイトで盛大に爆破を試みているのだ。自分たちは一階にいて、三階の各所にセットしたダイナマイトを次々にリモコンで爆破させている。

解体の要領だ。三階を飛ばせば自然に上階が瓦解する。

やはりこればかりは、確認したいと振り向くと、野村の身体がバラバラになって、浮き上がっていった。

アソコを触った男が消えてくれて、さっぱりした。

路子はすばやく、階段を駆け上がった。

屋上に出た。

玉井を巨漢の男たちが、砦となって囲んでいた。鉄パイプ類を握っていた。

その脇で佐田が、下に向かって叫んでいる。完全に仲間外れにされている。

「代議士の佐田繁三郎だ。暴漢に襲われている。誰か！」

通行人が見上げていた。佐田は警備員の制服姿となっているのが仇《あだ》となっていた。誰もが演技だと思っているような視線で見上げている。カメラ効果だ。

さすがに、衆人の前では撃ち殺せない。

ドローンで掃射するわけにもいかない。

路子は、トートバッグを漁《あさ》った。こんな場合は、熱湯放射だ。小型ポットを取り出した。中には百度のお湯が入っている。

キャップを外そうとした時だった。

「ぐぇ」

佐田が短く呻いた。胸にロケット弾が突き刺さっている。拍手が沸いている。

出た！

東隣のビル屋上。スキンヘッドがランチャーを抱えていた。

「気に入らないわね、そのポーカーフェース」

路子は渾身の力を込めて、ポットを投げつけた。砲丸投げのようだ。スキンヘッドの頭頂部に命中する。熱湯が禿げ頭の上で炸裂した。トートバッグにはさまざまな道具を入れている。

「ぎゃぁあああ、あぢぢぢっ」

スキンヘッドが頭を抱えた。踊りながら倒れ込んだ。死にはしまいが、皮膚の再生にはしばらくかかるだろう。

「たいした腕前だ。バブルの時の刑事のようだ。気に入ったぜ」

玉井が輪の中から姿を現し、不敵に笑った。

「何、余裕嚙ましているのよ、おっさん」

路子が接近した。

ドローンの十倍ほどの羽音が聞こえてきた。頭上にヘリコプターが舞っていた。ロビンソンR-44。遊覧用ヘリだ。パイロットと助手は白人だった。退役米兵だろう。縄梯子が降りてくる。

路子の身体が吹き飛ばされそうになる。

「あばよ！　いずれまたな」

玉井が悠々と縄梯子を上っていく。あばよ、という言葉も久しぶりに聞いた。

「くそ！」

プロレスラー男たちが、一斉に路子に襲いかかってきた。

援護するかのようにドローンが五機接近してきた。ここで銃撃はまずいと思った時だった。ドローンの腹から、透明な液が降ってきた。雨のように降ってくる。

なんだありゃ。

「うぉおおお、おっと」

男たちが滑って転ぶ。立ち上がろうとしてもまた転び、手足に白い糸がひいている。工業用の接着液だ。

路子は男たちを避けて、縄梯子の端を追った。

う〜ん。届かない。

それをあざ笑うように、玉井は縄梯子の中段でこちらを向いてVサインを送っている。

「このバブル野郎が」

トートバッグからナイフを取り出した。投げつけようとした。

と、もう一機ヘリが飛来する。

ユーロコプター120B。ジェットヘリだ。縄梯子を降ろしてくる。後部席から浴衣姿の金田潤造の顔が見えた。

コーヒーカップを手にしてのんきに景色を眺めている。

路子は縄梯子に飛び乗った。ナイフを咥《くわ》えていた。

ユーロコプターの速度は断然速い。瞬く間にロビンソンに追いついた。

眼前に東京タワーが迫っていた。星が降ってくるようだった。

縄梯子で遊覧するとは思ってもみなかった。

玉井が慌てて、縄梯子を駆け上がる。路子はユーロコプターのパイロットに向けて、空に向けて指を突き上げた。

パイロットが親指を立てて、急上昇をする。

玉井の縄梯子の上に位置した。路子は身体を揺すった。

振り子の原理で反動がつく。

三回目の振りで、玉井の縄梯子を摑んだ。ナイフを入れる。刃を往復させた。ズルっと縄が歪む。よった縄がほつれだして、細くなっている。ぷつんと片側が切れた。玉井の身体が大きく傾ぐ。

「おい、ばかっ、やめろ、十億やる。今すぐ十億やるから。こっちに乗り移れっ」

玉井の目が飛び出しそうになっていた。ハーフパンツの股間のあたりが濡れている。洟《はな》も垂れていた。

「東京を汚さないでっ」

もう一方をナイフで叩き切った。縄がぶっつり切れた。

玉井は声を発しなかった。手足をバタバタと振りながら、落下していった。増上寺の方向だった。

どんどん小さくなっていく。

路子はその光景を見下ろしながら、風船ガムを大きく膨らませた。自分の顔ぐらい大きく膨らませる。

パチンと弾けた。

「バブル崩壊!!」

そう言いながら縄梯子を上がりユーロコプターに乗り込んだ。金田が笑っている。

「おつかれさん。冷えただろう。コーヒーでもやるか。ブルーマウンテンだ」

「ありがたくいただきます」

「銀座まで送ってやるよ」

ユーロコプターは、東京タワーを一周して銀座へと向かった。

危ない関係

一〇〇字書評

切り取り線

購買動機（新聞、雑誌名を記入するか、あるいは○をつけてください）

- □（　　　　　　　　　　　　　　　）の広告を見て
- □（　　　　　　　　　　　　　　　）の書評を見て
- □ 知人のすすめで　　　　□ タイトルに惹かれて
- □ カバーが良かったから　　　　□ 内容が面白そうだから
- □ 好きな作家だから　　　　□ 好きな分野の本だから

・最近、最も感銘を受けた作品名をお書き下さい

・あなたのお好きな作家名をお書き下さい

・その他、ご要望がありましたらお書き下さい

住所	〒				
氏名		職業		年齢	
Eメール	※携帯には配信できません		新刊情報等のメール配信を 希望する・しない		

この本の感想を、編集部までお寄せいただけたらありがたく存じます。今後の企画の参考にさせていただきます。Eメールでも結構です。

いただいた「一〇〇字書評」は、新聞・雑誌等に紹介させていただくことがあります。その場合はお礼として特製図書カードを差し上げます。

前ページの原稿用紙に書評をお書きの上、切り取り、左記までお送り下さい。宛先の住所は不要です。

なお、ご記入いただいたお名前、ご住所等は、書評紹介の事前了解、謝礼のお届けのためだけに利用し、そのほかの目的のために利用することはありません。

〒一〇一－八七〇一
祥伝社文庫編集長　坂口芳和
電話　〇三（三二六五）二〇八〇

祥伝社ホームページの「ブックレビュー」からも、書き込めます。

http://www.shodensha.co.jp/bookreview/

祥伝社文庫

危《あぶ》ない関係《かんけい》　悪女《あくじょ》刑事《デカ》

令和 元 年 7 月 20 日　初版第 1 刷発行

著　者　沢里《さわさと》裕二《ゆうじ》

発行者　辻　浩明

発行所　祥伝社《しょうでんしゃ》

東京都千代田区神田神保町 3-3
〒101-8701
電話　03（3265）2081（販売部）
電話　03（3265）2080（編集部）
電話　03（3265）3622（業務部）
http://www.shodensha.co.jp/

印刷所　堀内印刷
製本所　積信堂
カバーフォーマットデザイン　芥 陽子

Printed in Japan ©2019, Yuji Sawasato ISBN978-4-396-34545-7 C0193